作家文摘

名家忆文系列

家族往事

《作家文摘》/ 编

中国出版集团　现代出版社

图书在版编目（C I P）数据

家族往事 /《作家文摘》编 . — 北京 : 现代出版社 , 2021.5
（《作家文摘》名家忆文系列）
ISBN 978-7-5143-8464-2

Ⅰ. ①家…　Ⅱ. ①作…　Ⅲ. ①纪实文学－作品集－中国－当代
Ⅳ. ① I25

中国版本图书馆 CIP 数据核字（2020）第 269016 号

家族往事（《作家文摘》名家忆文系列）

编　　者	《作家文摘》
责任编辑	毕椿岚　申　晶
出版发行	现代出版社
通信地址	北京市安定门外安华里 504 号
邮政编码	100011
电　　话	010-64267325　64245264（传真）
网　　址	www.1980xd.com
电子邮箱	xiandai@vip.sina.com
印　　刷	金世嘉元（唐山）印务有限公司
开　　本	710mm×1000mm　1/16
印　　张	18
字　　数	187 千
版　　次	2021 年 5 月第 1 版　2023 年 9 月第 4 次印刷
书　　号	ISBN 978-7-5143-8464-2
定　　价	48.00 元

目录

第一章　绕梁长系旧人思

第四章　忠厚传家，诗书继世

第一章 绕梁长系旧人思

绕梁长系旧人思

·蔡登山·

2008 年岁末年尾，我和杜月笙的女儿杜美霞女士会面了，还有杜女士的公子金祖武夫妇。那是一星期前金祖武先生因看过我写的《梅兰芳与孟小冬》一书，他通过印刻出版社联系上我，他热情地邀约，说他母亲要和我见面，并说我书中的孟小冬早年照片，他们家都没有。我答应复制一份给他，并深感荣幸地能和他们见面。因为我在写书时就知道杜女士从香港到台湾，是与孟小冬接触最多的人，她是姚玉兰（姚谷香）所生，她们一直喊孟小冬为"妈咪"。

杜女士虽已 80 岁高龄，但精神爽朗，思路清晰，她对孟小冬口口声声称之"孟老师"，据冯德曼女士说：

（杜女士）侍母至孝，对孟老师尤其照顾得无微不至，孟老师亦是非常疼爱及依赖她，母女情深，听二姐（杜女士）谈起当年准备离开上海到香港的故事无限感触。当时已是兵荒马乱，她冒险专程赴北京替孟老师向老太夫人辞行。在台北每天必亲临东门町寓所请安，孟老师授课时，必须随侍在侧，若因事耽误未到，老人家一定等二小姐到现场才开课，否则当天的课程绝对取消不上。她和大姐均习姜派小生，大小姐杜美如是姜妙香的亲授弟子，而二姐姜派艺术惟妙惟肖超乎专业的水平，却没有人知道那是孟老师亲自教授的。

这段话是引自杜女士送给我的《孟小冬百年诞辰专辑》特刊。2007 年 12 月 25 日是孟小冬百年诞辰，杜女士所率领的基金会为此举办了一系列活动，这都显示出杜女士对孟小冬的敬仰，并在推展孟小冬的京剧艺术上的不遗余力。

席间，她对于很多人只谈梅兰芳而不谈孟小冬，深感遗憾。因此她对我的书能写出孟小冬的师承及追求剧艺的百折不回，多所夸赞。她甚至笑问我说，您怎么知道"三楼太太"这事？可见您在史料上是下了一番功夫。

为此，杜女士还赠送我几张珍藏的照片，及孟小冬来台的剪报复印本。除了感谢之外，在征求其同意外，愿意和读者分享这难得一见的精彩画面。

其一是 1930 年孟小冬的旗装照，孟小冬喜做男装打扮，您何曾看过如此千娇百媚的"格格"呢？

其二是孟小冬、姚玉兰、章遏云合照。这三位都是著名的京剧演员，姚玉兰和孟小冬是孩提时的玩伴，长大后更是闺中密友，关系非比寻常，1929 年姚玉兰嫁给杜月笙当第四房太太。1936 年 11 月，孟小冬与章遏云同赴上海作短期演出，当时就住在姚玉兰在辣斐坊（今复兴东路复兴坊）的住处。后来章遏云拜杜月笙为过房爷的仪式也是在这里举行的。

其三是 1938 年孟小冬与杜月笙在香港的合影。1937 年下半年，日寇侵占上海后，杜月笙偕姚玉兰逃往香港，孟小冬到沪演出后，转去香港探望杜月笙、姚玉兰，并在港住了一个月左右。这张照片是此时拍的，宛如一张情侣照，没想到岁月流转，十多年后他们两人结婚了，只是结婚照已没有这张照片的风采了。

1947 年 8 月，为祝贺杜月笙六十寿辰，孟小冬接到杜月笙的亲信、祝寿义演的"戏提调"金廷荪带来姚玉兰的亲笔手笺，邀她参加义演。感于杜月笙对她的多次关照，她便先于其他被邀名伶来到上海。对孟小冬的到来，杜月笙十分高兴。堂会原计划在上海中国大戏院演出五天，但由于盛况空前，欲罢不能，于是又照原戏码，自八日起加演五天，连演十天。京剧名角毕至，包括梅兰芳、麒麟童、谭富英、马连良等，可谓盛况空前。

但梅兰芳、孟小冬两位昔日同巢的爱侣，却刻意不同台了，五天堂会中，梅兰芳有四天唱大轴，第五天梅兰芳歇工，孟小冬就在这一天唱大轴。孟小冬此后再不登台表演。所以这次她登台献艺，成为京剧舞台的广陵绝响。后来听梅兰芳的管事姚玉芙说，孟小冬演了两场《搜孤救孤》，虽然梅兰芳没有到场，但梅兰芳在家听了两次电台的转播。

还有两张是孟小冬在港期间，应张大千之请，在寓所清唱的情景，其中操琴者为王瑞芝，以及孟小冬与张大千的合照。
1969 年 9 月 13 日，孟小冬由香港转赴台湾定居，她在台十年，
绝少应酬，深居简出；不接受电视、广播访问，不录音，也未
演出，虽然也有少数票友登门请益，在她家内清唱；她偶尔也
加以指点，但谈不上授徒。据杜女士的弟弟杜维善先生说：

> 孟小冬性格比较孤傲，晚年在香港、台湾的时候，她
> 始终不唱，连清唱都不唱，最后一次清唱是在香港给张大
> 千唱的，因为张大千喜欢听她的戏，这是面子很大的事情。
> 虽然后来她不怎么唱戏了，但还是很有威望，我太太有一
> 次问孟小冬："您还预不预备唱啊？"孟小冬回答一句："胡
> 琴呢？"是啊，没有胡琴你怎么唱，给她拉胡琴的最后一
> 个人是王瑞芝，他也去世了。

孟小冬由绚烂归于平淡，终其余年。1977 年 5 月 26 日深夜，
一代名伶以肺气肿及并发症，与世长辞。她的遗骨埋葬于生前
自己挑选的山佳佛教公墓，墓碑上书：杜母孟太夫人墓。是好
友张大千所题的。一个色艺双绝的旧时代坤伶，一个倔强而又
聪颖的女子，最终逃不过薄命的定数，两度为妾，委屈半生，
在寂寥中，度过最后的黄昏。财经大佬徐柏园的挽联写道：

> 梨园家世，誉美冬皇，失空斩独擅胜场，盛况想当年，
> 此曲只应天上有。
> 菊部班头，艺传余派，广陵散从兹绝响，全真归净土，

绕梁长系旧人思。

与杜女士话别，步出餐厅，午后下着细雨，点点滴滴，敦化南路上依旧车水马龙。只是岁月无声，沧桑看云，徒留绕梁余音，它长系着故人无边的思念！

（《作家文摘》2014年总第1702期，摘自《平生风义兼师友》，易中天等著，新星出版社2013年11月出版）

姨夫蒋君超

·老鬼·

姨夫蒋君超是江苏武进人，1912 年 3 月 29 日出生在香港九龙一个职员家庭。1991 年 5 月 17 日病逝，享年 79 岁，葬于上海"滨海古园"公墓。

姨夫在他"文革"的交代材料中说："我七岁失去了父亲，八岁失去了母亲。在昆山县立小学毕业时，因拖欠了好几个学期的学费，连小学毕业证书都无法领到。"

由于很小就失去父母，姨夫童年、少年、青年时期生活清苦，受了不少磨难。只是靠叔叔的资助才上了复旦大学欧美文学专业。读书时，姨夫不得不靠打零工、贴海报、当足球守门员挣些生活费。一个偶然机会，他被著名导演卜万苍看中，进入了联华影业公司。这时是 1930 年，姨夫刚刚 18 岁。开始只当配角，在影片里仅出现几个镜头，但他不在乎，虚心学习别人的表演，自称是"绿叶丛中的一小片绿叶"。

不久他就出名，曾主演《共赴国难》《除夕》《良宵》《青春》《铁鸟》等十多部电影，与夏衍、蔡楚生、金焰、郑君里、刘琼、吴永刚等一批左派电影界人士来往密切。

音乐家聂耳当时也在联华影业公司。姨夫与聂耳关系很好，两人曾同居一室，睡上下铺。姨夫拍电影时，聂耳还给他拉过琴，制造氛围和情绪。

1937年抗战开始后，姨夫和一批文艺界左派人士从上海转移到香港，在短短三年中姨夫拍摄了20多部电影。姨夫在自己编导的第一部影片《大地歌声》中直接引用了《延水谣》，表达了他对延安的尊敬。

抗日战争胜利后，姨夫在香港集资创办了东方影片公司，并经营了一家胜利戏院，以放映进步电影为主，是当时香港唯一放映苏联影片的电影院。

1949年，姨夫响应周总理号召，到北京参加了第一次全国文代会的筹备工作。随后，他决定放弃在香港的优裕生活，回国定居。当时有家香港报纸嘲笑他，用大字登出"天下第一号大笨蛋蒋君超"的标题。

最初姨夫被任命为上海电影制片第四场主任，以后曾在长江影业公司、联合电影制片厂、天马电影制片厂、上海电影制片厂担任导演。

姨夫一生中演过35部电影，导过11部电影。不过，这大都是民国时期的作品。新中国成立后多年，他自己没独立导演过一部故事片。只在1956年与孙瑜合作导演了一部《乘风破浪》，还与赵明、俞仲英合导了《风流人物数今朝》。其余的作品只有两部纪录片和五部译制片（配音导演）。据孙瑜的儿子孙栋光讲，拍《乘风破浪》时，他父亲已 50 多岁，真正具体指挥的大都是蒋君超。孙栋光很感慨地说，蒋君超才华横溢，本应有更多的成就，却被埋没了。

2012 年，在纪念姨夫百年诞辰座谈会上，播放了著名演员秦怡怀念姨夫的录音讲话。她说，当时导演没有创作自由，完全是领导决定一切。让你导什么就导什么，指定谁导就是谁导。——这就解释了姨夫回国这些年来，为什么没独立导过一部片子。

据上海文联党委书记陈清泉说，当时选导演要讲阶级路线：出身好、能力差的人可以放到导演位置上锻炼；而出身不好，又有海外关系的就给晾在一起。姨夫因此闲置 40 多年，因为他不但是香港人，有海外关系，还曾是一个私人电影公司的老板，用当时标准看是一个资本家，尽管姨夫的妻子是著名影星白杨。

姨夫虽是电影明星，却本性专一，并不风流。他天性腼腆，拍电影《人生》时，有与大明星阮玲玉接吻的戏，他竟然难以进行，经阮玲玉多方鼓励才终于完成。由此他感觉自己不适合当演员，改作导演。1947 年去上海出差，妻子白璐在国际饭店因电梯事故殒命，姨夫伤心欲绝，哭晕过去，成为当时上海的一条很大新闻。姨夫的一位亲戚感叹：任何女人看见这种感情专一的男人都会喜欢。此后，姨夫告别了上海这块伤心地，专心在香港发展。他自己的旅馆经常为国内的文艺人士免费提供食宿，因此认识了我三姨白杨，最后结为伉俪。

母亲杨沫写完《青春之歌》后，是姨夫最早发现和肯定的。那时母亲是个默默无闻的普通小干部。姨夫独具慧眼，对《青春之歌》比母亲还抱有信心，当母亲频频遭遇出版社的"钉子"时，姨夫热情鼓励母亲，最早表态要把它改编成电影剧本，并着手进行改编，为电影《青春之歌》付出了大量心血。他万万没有料到——文艺界某位领导断然否定让他搞这部片子，借口是他没有生活。姨夫默默隐忍，终生再无其他建树。

（《作家文摘》2014年总第1712期，摘自《老照片》第92辑，冯克力编，山东画报出版社2013年12月出版）

我与范长江的颠簸往事

·沈谱口述，王玲采访整理·

重庆新婚

当我和长江的友情有所上升，将进入初恋的时候，我理智地考虑着今后一生能否永远携手前进的问题了。

最主要的原因是，我是中共党员，长江是不是我不知道。但我们对人生奋斗目标的默契，又是那么的协调。那个时代，我们很多朋友都是，虽同在重庆工作，但都不知道对方是不是党员。

因为，在白色恐怖下，党组织都是单线联系的。我自然先征求我的单线领导邓颖超大姐的意见。她表示"可以放心"，但仍嘱我对他亦不要暴露自己的身份。

事实上长江也是共产党员。1939 年 5 月，在重庆国民党戴笠特务机关严密监视下的曾家岩 50 号"周公馆"内，范长江向周恩来同志提出了加入中国共产党的申请。由周恩来同志介绍，经延安党中央批准，长江秘密地加入了中国共产党，并指定与恩来同志单线联系。自然，长江和我结婚也征得了周恩来的同意，但也没有告诉他，我也是共产党员，只是告诉我们，可以发展。

我的父亲沈钧儒，是救国会领导人、七君子之一。长江是救国会会员，经常向我父亲请教，因此认识的我。我父亲对长江的为人及才华是很满意的。

1940 年 12 月 10 日，我和长江喜结良缘。

九龙重逢

婚后一周，长江说，国际新闻社将在桂林召开年会，他拟前去主持会议。我觉得这理所当然。虽然新婚未满月，虽然已快年底，但是，将来在一起的日子长着呢，在不在家过年实在无所谓。

可是，这时皖南事变发生了。1941 年 1 月一个深夜，李克农同志冒雨走告长江：得悉蒋介石已密令通缉长江，为此令他立即转移去香港接受新的任务。长江遂改名换姓，在李济深的支持下由桂直接飞港。抵港后，马上筹办《华商报》，开展海外的抗日救国宣传活动。

这时重庆的政治环境已日益恶劣，我自己也受到了特务的

"青睐"，每逢外出，屡有"尾随"。党组织遂决定我亦秘密离渝去港，父亲的意见亦然。然而我感到左右为难，在如此恶劣的政治环境下，我因离开老父独自他去而不放心。父亲发怒了，甚至说："这样不像是我的女儿。"于是我服从组织的安排，是年的 2 月中旬，怀着矛盾、复杂的心情离别慈父，改名换姓飞到了长江的身边。

我初到港时，长江住在香港半山腰的一座楼里，不久迁到九龙。虽然，香港的环境复杂，也常有斗争，长江和朋友们往往要在茶楼酒馆以"饮茶""宴食"为名，甚至以"耍牌"为掩护聚会商谈。但总的来说，这时期我们的家庭生活过得还是比较安稳的。不料不到一年，太平洋战争爆发了。

香港失联

12 月 8 日清早，由九龙机场传来的隆隆飞机声和阵阵轰炸声把我们从睡梦中惊醒。我们分析可能战事已经开始，强烈的事业心、责任感驱使长江即刻到岗位上去。长江临行时告我，他到报社后，会派人来接我过海，并嘱我马上收拾一下最必需的用品，其他一切身外之物均可丢弃。

《华商报》采访主任陆浮同志把韬奋全家接过海去之后，当晚就来接我。我抵港的头几天，就在香港大酒店底层过夜。这段时间，长江实在顾不上我。

有一天，我上街买菜，偶然碰见国际新闻社同人唐海，真是喜出望外！交谈中得知长江也正为找不到我而着急，甚至想登报找寻了！唐海知道如何与长江联络，他愿意带我去找他。次晨唐海带我步行出发，通过两边敌人的岗哨，到了一个小咖啡店（事后知道这是地下党的一个联络点）。唐海让我坐在一格旁边有人的座位上，告我饮茶后就随座旁的人一起走。这时，我突然望见另一格茶座内有长江在。他头顶呢帽，穿了一身广东式的短衫裤。我俩相互都见到了，心里不知有多么欣喜兴奋。但不能露出声色，更不能互打招呼。

桂林再别

不几天，长江告诉我，陆浮搞到了去澳门的船票，其中有我们的两张。1942 年 1 月 10 日，我们登上舢板，偷渡后，漂过大海直放澳门。同行还有梁漱溟、陈此生、陆浮等。

到了澳门我们再搭乘船，到桂林后，发现过去与我们有联系的人都不在了。我们原盼望交通员带我们去解放区，可是不久重庆来了指示，说蒋介石对长江又下了第二次通缉令，要他立即离桂到新四军去，可以先到武汉附近找李先念部队，如找不到再设法去苏北找陈毅。当时蒋介石已派中宣部副部长刘伯闵到桂林抓人。长江已发现有人盯梢。我们两人同走是不行了，我决定留下打掩护，他一个人先出走。我们又一次"分手"了！

盱眙厮守

他走后，我们住的房间纹丝不动，看不出他已离去的痕迹。过了几天，房东来问我，怎么不见长江这人，上哪儿去了？我回答说他到阳朔看山水去了。我遇到任何人，哪怕最好的朋友也是这么说。于是人们议论开了，说我被长江"遗弃"了！但是，我仍被盯梢。

8月下旬我干脆回到重庆父亲身边。不久，得到长江已安抵苏北的消息，组织上决定我也到那儿去。我就化名张珊姑，经过六个省，绕了一大圈，经半年到达上海大哥的家。由孟秋江来接组织关系，当时敌人在进行扫荡，新四军军部不断地移动，我又病了，只好在上海先治病休息。直到半年后，经镇江等地，终于到了自己的家苏北新四军根据地盱眙县，在大王庄与长江再度会聚。从此我们结束了走马灯式的生活。

（《作家文摘》2014年总第1723期，摘自2014年3月26日《北京青年报》）

我的双亲梁实秋与程季淑

· 梁文蔷 ·

1974 年 4 月 30 日上午，我正在美国西雅图执教的教室中授课，突闻电话铃响。我授课时一向不接电话，但这次我有预感，觉得应该接，我向学生示意稍候，走入隔室，拾起电话。听筒中传来爸爸急促的声音："文蔷，你快来！妈妈被梯子打倒受伤了。我们在等救护车。我们要到哪家医院我也不知道。我一到医院就给你再打电话……"话犹未了，我在听筒中已听到救护车凄厉的警笛由远而近。爸爸匆匆挂了电话。我像是被电打了，木然走回教室，面对全班学生。我没开口，学生已知发生了事情。

我赶到医院时，急救工作已完。妈妈伤势不轻，要动大手术开刀。开刀房全被占用，要等数小时之久。这期间，妈妈以无比的忍耐力克制自己。她没抱怨，没呻吟。我不时用湿纸擦拭妈妈干燥的唇舌，因大夫不准喝水。妈妈这时似乎已知不可避免的事即将来临，对爸爸说："你不要着急，你要好好照料自己。"我们最后送她到手术房门口，因语言隔阂，麻醉师请妈妈笑一下（多年后，始知大夫请妈妈笑一下，是看她是否脑部受伤的一种诊治手段。当时我没明白，觉得这个要求很奇怪）。我很吃惊，妈妈居然做出笑容。我为妈妈叫屈："妈，您为什么总是为别人活着？"这是我看到妈妈清醒时的最后一瞥。妈妈含笑而去。

手术后，我和爸爸在加护病房外等候，直到夜里 11 时，护士来通知我，妈妈已不治。那时我离爸爸约有十米之隔。我望着他，一位疲惫不堪的老人，坐在椅子上，静待命运之摆布。他的神情是那样的无助可怜！我慢慢地走过去。我知道我的责任，但是我无法启齿。爸爸用眼睛问话了。我张开了嘴，没声音出来。爸爸明白了。爸爸开始啜泣，浑身发抖。我看着他，心痛如绞。

5 月 4 日，我们陪伴妈妈走完她最后的旅程，安葬妈妈于西雅图优美的"槐园"。

妈妈没有遗嘱。对我也没有遗言。妈妈的突然离去，对我是当头棒喝，使我清醒。

妈爸在一起的晚年生活，的确是十分甜蜜的。有一次，我看到妈爸坐在汽车后座，两人手拉手，如同情侣。这是难得一见的。妈爸在子女面前时从不用这种方式表达情感的。妈妈去世后，爸爸痛不欲生，每日以泪洗面。不久即着手撰写《槐园梦忆》。在书桌上方目悬一警句"加紧写作以慰亡妻在天之灵"，真是惨不忍睹。

妈妈故后，爸爸常对我说起他与妈妈的感情生活，和妈去世前他们的谈话。一天，他们在讨论生死轮回之说，爸爸说："季淑，我们下辈子还做夫妻，好不好？"

"好，可是下辈子我做夫，你做妻才行。"妈妈说。

爸爸答应了。爸爸根本不信轮回，可是妈妈似乎深信不疑。

1982 年，爸爸最后一次来美。他自感体力日衰，对长途旅行渐感不支，一天，我在炒菜，爸爸突然走入厨房，站在我身边，两手插在他的上衣口袋里，嘴上挂着不自然的笑容，以轻快的语气问我：

"我以后不来美了，怎么办？"我想他是鼓足了勇气来找我谈这回事的。他心里在淌泪了。我立刻说："你不来了，我就每年去台湾看你啊！"

"你这儿的家怎么放得下？"

"没问题，孩子都大了，有什么放不下的？"

爸爸的精神松懈了下来。他满意了。

岁月无情，生龙活虎似的爸爸渐渐衰老了。1986 年底，我最后一次探望爸爸，共聚首十日。临行时在爸爸客厅中道别，爸爸穿着一件蓝布椊外衣，略弯着腰，全身在发抖，他用沙哑的声音不厌其详地告诉我应如何叫计程车，如何把衣箱运入机场，如何办理出境手续。那一刻，爸爸又把我当作他的没出过门的小女儿。多少慈爱透过他那喋喋不休的呓语，使我战栗，永生难忘。

这次不祥的生离竟成死别。1987 年西雅图时间 11 月 2 日晚，我收到台北哥哥的电话，告以爸爸去世之噩耗。真如晴天霹雳。

11月18日晨10时，我们全家聚齐赴台北市第一殡仪馆。穿戴整齐后，我用我的手紧握住爸爸的手，一直到他冰凉的手也暖和起来。不久，快到盖棺时候了，我和爸爸轻轻地说了再见。然后，我看到他们把棺材盖上了。那轻轻的一响正式结束了他的丰富灿烂的一生。我当时想，盖棺论定，此其时矣。

（《作家文摘》2014年总第1732期，摘自《长相思——梁实秋与程季淑》，梁文蔷著，商务印书馆2013年10月出版）

祖父顾毓琇

· 顾宜凡口述，毛予菲采访整理 ·

学术泰斗

中国近现代社会学家潘光旦曾试图对我祖父顾毓琇在文理方面的杰出成就做遗传学的分析，他写道："我始终以为一个人的生平，所占的时间，见得到的，不过数十寒暑，而见不到的，必什百倍于此。换言之，一人的生平，一部分是早在祖宗的行为与性格里表现出来迳的。"确实，祖父的先祖顾炎武是明朝思想家，祖母秦氏是北宋词人秦观的后人，喜欢写诗。祖父的父亲沉迷科学，曾自己做实验验证阿基米德定理，从小教几个子女算心算。在这样家学深厚和开明的氛围中，祖父这一代出了5个博士，他们在不同的领域各有建树，被传为民国佳话。

1907年，祖父才5岁，就被父亲送到了无锡的竢实学堂学习，那是中国最早的新式学堂之一。当时，钱锺书的父亲钱基博在竢实学堂任教，是祖父的国文老师。1915年，13岁的祖父又考入大名鼎鼎的清华学堂。祖父当时选了梁启超三门课，分别是《清代三百年学术史》《中国历史研究法》和《唐诗欣赏》。祖父与梁启超的儿子梁思成是同班同学，梁启超很喜欢"嗜文艺"的祖父，经常叫他去寓所一起吃饭。大师的点拨为祖父打下了扎实的文学功底，清华学堂开设的西方算学、物理、体育等课程，也让祖父接受了全面的素质教育。

在水木清华青灯黄卷苦读了8个春秋后，祖父赴美留学入读麻省理工学院电机系。身在异乡，他潜心研究，仅花了4年半时间，就先后获得学士、硕士、博士3个学位，这个纪录直到今天也没有被人打破。

对祖父学术研究涉猎的领域之广，我感到不可思议。在文学领域，祖父获得过"国际桂冠诗人"的称号；在艺术领域，他是中国现代话剧的发轫人之一，上海戏剧学院前身的创始人；他还曾担任国立音乐学院（今中央音乐学院前身）的首任院长、国立交响乐团团长，学术界以他的三四八频率为中国的黄钟标准音。作为科学家，23岁时，他在火车上灵感一闪，发明了"四次方程通解法"，26岁时又发明了"顾氏变数"，50岁后又发明"顾氏图解法"等，成为国际上公认的电机权威，也是自动控制理论的先驱。

祖父的那个时代出了很多大师，梅贻琦、胡适、茅以升、张大千……我们这一辈人常常历数他们的建树，总在想是什么成就了他们？在我看来，是时代的大变革提供了创新的土壤和氛围，是中西文化的碰撞产生了新旧思想和观念以及知识结构的融合。

独立精神

在美国五年留学期满后，祖父回到了灾难深重的中国。这
时，他已经是国际知名的科学家了。1932 年，时任清华校长梅
贻琦登门邀请年仅三十岁的祖父担任清华工学院院长。

这是祖父第二次回清华，顾家搬进了清华西院 16 号院，
与陈寅恪、闻一多还有杨武之（杨振宁的父亲）成了邻居。我
曾听祖父说起当年经常在北平城内与胡适等人讨论《独立评论》
的事情。在祖父任职工学院院长的五年时间里，他不仅将清华
工学院从无到有建设成了中国一流的工学院，而且在报章杂志
上发表了大量有关治国方略的真知灼见，从中国的科学化运动，
到工程教育的改革，祖父被认为是当时教育界的意见领袖之一。

1937 年，抗日战争爆发，祖父忧国忧民的情怀和知识分子
的责任感，引起了政府的关注，他被蒋介石亲自指定出任国民
政府教育部政务次长，此后，祖父先后出任国立中央大学校长、
上海市教育局局长、国立政治大学校长等职。

和民国大部分知识分子一样，"人格和精神的独立"是祖
父毕生的追求。祖父曾为《国民教育法案》向最初持反对态度
的蒋介石当面陈情。还有一次在政府讨论大学生从军的会议上，
当面斥责了权重一时的何应钦。当时政府准备给报名从军的学
生发放奖金，有人担心学生拿了奖金而不来从军，何应钦便下

令"叫他们取保"。祖父一听，气愤地说："何总司令，青年学生，投笔从戎，他们把身家性命都奉献给国家了，为了几文奖金，还不信任他们，要他们取保，这是对他们人格的极大侮辱！"

独立的精神和人格，是祖父能够以无党派人士身份在党派林立的政府中有所作为的根本原因。祖父虽然游离于党派之外，但他的风骨和为人却赢得了各党派的尊重。周恩来曾当面对祖父说："你是难得的客卿，圈内人以为你是圈外人，圈外人以为你是圈内人。"

心系两岸

父亲曾回忆，祖父在上海的时候，就曾经讲过，共产党来了，我一样教书。而且他在共产党内也有不少学生，都希望他留下来。但就在祖父做好一切准备继续投身教育事业的时候，却被国民党当局勒令离开大陆。1950年，他被迫带着夫人王婉靖和部分子女辗转到了美国，剩下两儿一女因秘密加入共产党留在了大陆。我的父亲顾慰庆，正是祖父留在大陆的子女之一。

这一别就是二十四年，由于政治原因，祖父一直待在美国。而我出生后，在很长一段时间里都不知道祖父的消息，其间音信渺茫，唯有一次祖父托杨武之先生给我姑姑带回了一块手表。直到1972年，尼克松访华，中美关系步入了新阶段。第二年8月，祖父母才回到阔别已久的祖国与亲友团聚。

那也是我第一次见到祖父。在祖父的关心下，1985年，我到美国伊利诺伊大学攻读电气工程和计算机科学专业，这让我有了更多的机会近距离观察祖父。

祖父母乐善好施，到处捐款，自己的日子却过得非常简朴，住在一个很小的公寓里，祖母到了九十多岁还自己做饭。国内有关部门多次邀请他们回国定居，但都被祖父拒绝了。祖父总说回来要给大家添麻烦，受用不起。他还认为在海外居住更方便向中国领导层谏言。

除了在家与夫人写字画画，晚年祖父的大部分时间都在为实现两岸统一劳心费神。由于祖父在国民党中的人脉和影响，1973 年他的大陆之行就被看作两岸的破冰之旅。全国政协原副主席钱正英曾经说："两岸关系最早就是顾毓琇老先生开创的。"

之后，祖父不知疲倦地给他在大陆和台湾的弟子写信，时常提出关于两岸关系的建设性主张。

祖父对我们这些后辈要求很严格。我们虽没有正式的家训，但基本要照孔夫子的 5 个字去做："居处恭、执事敬、与人忠。"祖父晚年总是讲，生前了俗事，身后少虚名，所以我很少对外人聊起他。但他身体力行的许多中华民族的传统美德，也是那个时代的知识分子群体所共同拥有的，在物质繁荣的今天，那些精神遗产和人格力量很值得我们后人共享。

（《作家文摘》2014 年总第 1750 期，摘自《环球人物》2014 年第 12 期）

父亲陈伯吹

·陈佳洱口述，汤涛、胡琨整理·

陈佳洱，著名物理学家、中国科学院院士、北京大学前任校长；陈伯吹，陈佳洱之父，著名儿童文学家。

量才录用

我父亲曾两次进入华东师范大学前身大夏大学读书。父亲跟我讲过，他第一次报考大夏大学是经当时的教务长鲁继曾先生破格批准的。那时他只有宝山县立师范初师毕业文凭，没有资格报考大学，但鲁教务长比较欣赏他的文学才华，帮他争取破格报考。

这和现在的应试教育很不一样，当时不光看学历和成绩，而是量才录用。

　　我在华东师范大学档案馆专门看了父亲那时的课程表。虽然他读的是教育，但是还修读了科学概论、统计学、心理学等课程，与当今专业化、专门化的课程设置形成了鲜明的对比。我们的课程自 20 世纪 50 年代学习苏联以后，变得日益专门化和专业化，这确实很值得反思。

引导式教育

　　父亲是慈父，从小到大从来没有打骂过我，小时候犯错了，父亲也是给我讲道理。

　　我很小的时候，父亲就给我讲电的故事，表演摩擦生电的实验。上中学时带我去看《发明大王爱迪生》《居里夫人》。父亲也引导我追求科学，鼓励我写文章。我读初中时，抗战胜利后他从重庆北碚给我带回一本英文版著作《森林中的红人》，在他的鼓励下，年仅十三岁的我将这本书翻译成中文，并在《华美晚报》上发表。

　　父亲对我的文理科都有引导，但我的选择主要是看我的兴趣。他是位开明的父亲，无论我选择什么，都会鼓励我、支持我。记得中学时我们学校有一年校庆，高年级的同学做了个无线电台，播放校庆的活动，回到家里还能收听到，这让我对无线电产生了浓厚兴趣。中学四年级（相当于现在高一）时，我和四个同班同学一起组织了"创造社"，搞无线电之类的实验。新中国成立以后，学校广播体操的扩音器就是我们"创造社"

的几个同学一起制成的。

考大学时，我本来想报考交大、北大等名校，但父亲的地下党朋友建议我考到老解放区锻炼，父亲也建议我去老解放区。当时老解放区只有两个学校可以考，一个是哈工大，一个是大连大学（现大连理工大学）。父亲让我自己选择学校和专业，我选了大连大学机电系，开始走上科学的道路。

彼此信赖

1950 年我进入大连大学电机系，1951 年转入物理系，1952 年院系调整，大连大学的理科被调整到东北人民大学（现吉林大学），我就到了东北人民大学。

东北人大物理系有十大物理教授，师资队伍十分强大，包括余瑞璜、霍秉权、吴式枢、朱光亚院士等全在那里。1954 年我大学毕业，系里不让我考研究生，让我留在母校跟着系主任建设 X-线晶体分析物理实验室。朱光亚先生是我的毕业论文导师，带我做原子核射线计数管，他对我的毕业论文很满意，1955 年春因国家要发展原子能他被调到北京大学与其他几位调来北大原子核科学家共同创办我国第一个原子核教育的基地，后来在他的建议下，把我也调到北大核教育基地工作。

1981 年，父亲将多年的积蓄五万五千元全部捐献出来，成立"陈伯吹儿童文学奖"。父亲曾说："即使我的钱不多，也要拿出来。"1981 年他能拿出五万五千元是很不容易的一件事。

我当时的工资才八十九元一个月，我母亲还没有工作，没有收入。那是他和母亲多年节省，一点一滴攒起来的所有积蓄。我记得那时坐公交车，一站路多两分钱，他经常会提前一站下车步行过去，就为了省两分钱。

彼此信赖是我和父亲之间最大的情感纽带。无论他做任何事情，我都无条件理解支持他，他也对我报以同样的信任，我对人生发展道路的选择，他从未干涉。

1991年我第一次参选中国科学院院士落选了。我没有告诉他，但父亲还是知道了这个消息，他没有直接问我相关情况，而是偷偷找我夫人打听。当时我一下就明白了，无论一个儿子走的路有多么艰难，父亲永远在背后默默关注着你一点一滴的成长。我的父亲他永远会选择令我毫无负担、轻松自由的方式去了解我、关心我。

（《作家文摘》2014年总第1750期，摘自2014年6月13日《文汇报》）

父亲梅汝璈为中国人赢得尊严

·梅小璈口述，黄滢、季芯冉采访整理·

旧纸堆里了解父亲

我父母属于晚婚晚育。1945 年，父亲梅汝璈和母亲经人介绍结了婚，婚后不到一年时间，父亲就出任法官去了东京。新中国成立后，母亲随同父亲来到北京定居。1950 年，姐姐梅小侃出生，1952 年我出生时，父亲已经四十八岁了。父亲从不和我们谈论以前的事。十四岁以后，我大概知道当时父亲在外交部工作，但第一次知道父亲参加东京审判的这段经历，是在他去世后。父亲死后，当天的《人民日报》上有一则短短的讣告，里面提到了父亲当过远东国际军事法庭法官。

父亲生前，我几乎不知道他是个什么人；父亲死后，在整理父亲遗作的过程中，我逐渐发现了一个既熟悉又陌生的梅汝璈。

1904 年 11 月 7 日父亲出生在江西省南昌市郊区朱姑桥梅村。十二岁那年，父亲考取清华学校（清华大学前身）留学预备班。1924 年从清华毕业后，父亲赴美留学。1926 年毕业于美国斯坦福大学，获得文科学士学位；之后在芝加哥大学法学院攻读法律，获泫学博士学位。1929 年回国后，在山西大学法学院担任教授。

父亲有着浓重的清华情结。父亲之所以选择到山西大学任教，一个重要的原因是与"庚子赔款"有关。父亲告诫学生们："清华大学和山西大学的建立都与外国人利用中国的'庚子赔款'有关系，其用意是培养崇外的人。因此我们必须'明耻'，耻中国的科技文化不如西方国家，耻我们的大学现在还不如西方的大学，我们要奋发图强以雪耻。"

此后，父亲先后在南开大学、西南联大、中央政治学校、复旦大学、武汉大学任教。父亲是个专家型的知识分子，我后来搜集到那段时间他写的文章，比如《拿破仑法典及其影响》《盎格鲁·撒克逊法制之研究》，都是纯学术论文。

一直坚守法律底线

1946 年 2 月 15 日，盟军统帅麦克阿瑟根据各盟国政府的提名，正式任命了远东国际军事法庭的十一名法官，当时谁都没有料到，父亲这个"教书先生"居然能代表中国担任远东国际军事法庭的法官。其实，父亲被任命是有人推荐的。据说是当时的外交部部长王世杰，他曾经担任过武汉大学校长，和父亲一样也是清华的老校友。我父亲曾经在武汉大学任教，大概是有一点联系，有些了解。

尽管父亲的学历符合国际社会及盟军总部的要求，但毕竟没有真正上过法庭。可能当时父亲自己也有些底气不足。为了使自己看上去更加有威严，父亲还特意蓄须，增添了几分老成。

此后的情节在很多影视作品中有表现：在量刑方面，一些法官不赞成对战犯处以死刑，而父亲根据两年来在审判过程中收集的日军暴行证据，坚持主张对南京大屠杀主犯等侵华主犯判决死刑。最后，终于将东条英机等七名罪行累累的首犯送上了绞刑架！

在法庭最后环节判决书的书写问题上，有人主张统一书写，父亲却坚决认为，有关日本军国主义侵华罪行的部分，中国人受害最深，这一部分理当由中国人自己书写。经过他的交涉，由这次历史性审判而形成的长达九十余万字的国际刑事判决书，留下了父亲代表四亿多中国人民写下的十多万字。

1946 年 3 月 29 日，到东京不久的父亲遇上了去考察战后日本教育现状的著名教育家顾毓琇博士。顾毓琇将一柄长约三尺的宝剑赠给父亲。父亲说："'红粉赠佳人，宝剑赠壮士'，可惜我不是壮士。"顾毓琇大声道："你代表全中国人民和几千几百万死难同胞，到这个侵略国首都来惩罚元凶祸首，天下之事还有比这再'壮'的吗？"在当天的日记中，父亲写道："戏文里有'尚方宝剑，先斩后奏'，可现在是法治时代，必须先审后斩，否则我真要先斩他几个，方可雪我心头之恨！"这说明法官是中立的，父亲在审判时一直严守法律精神。

最早提出研究南京大屠杀

1949年6月，父亲设法由东京抵达香港，后又秘密由港赴京。到达北京的第三天，父亲便应邀出席了中国人民外交学会成立大会，周恩来在会上介绍："今天参加这个会的，还有刚从香港回来的梅汝璈先生，他为人民办了件大好事，为国家争了光，全国人民都应该感谢他。"1950年，父亲担任外交部顾问，1954年当选全国人大代表和全国人大法案委员会委员，为新中国的外交与法律事业做出巨大贡献。

然而好景不长，1957年"反右运动"开始，父亲受到了不公平对待。父亲被打为右派与他根深蒂固的法治精神也有关系。据说，在一次公开会议上，父亲发言称要防止再出刘青山、张子善这种贪官，光靠个人自觉不行，还得靠制度。这句话被看成是父亲"旧法观念"未除的标志。

20世纪60年代初，日本军国主义阴魂复活，右翼分子在名古屋为东条英机等七个被处死的战犯树碑立传。有关部门邀请父亲写一篇反驳文章，父亲依据在远东国际军事法庭上掌握的材料，撰写了《关于谷寿夫、松井石根和南京大屠杀事件》一文。文中写道："我觉得，为了充实历史和教育人民，我国的历史工作者对于像轰动世界的南京大屠杀一类的事件以及外寇在我国的其他残暴罪行，似乎还应该多做些调查研究和编写宣传工作……"然而，随着"文革"的来临，父亲的建议最终没有得到应有的重视。

1973 年，父亲在北京逝世，终年六十九岁。我们姐弟两人知道了父亲的经历后，母亲肖侃专门告诫我们："不要老去宣传你们的父亲。真正抗日的，是四万万同胞，你父亲只是完成了政府交代的任务，他从没觉得自己有什么与众不同。"这是母亲的教诲，但同时一定也是父亲的遗愿。

曾有人说："梅汝璈名字出现的频率和受关注的程度，基本上是中日关系的晴雨表。"中日关系紧张时，他便被人翻出来说；中日关系缓和时，他便成为不合时宜之人被淡化。但父亲曾这样评价自己："我不是复仇主义者，我无意于把日本军国主义欠下我们的血债写在日本人民的账上。但是，我相信，忘记过去的苦难可能招致未来的灾祸。"这些话语掷地有声，我们要永远铭记。

（《作家文摘》2014 年总第 1770 期，摘自《环球人物》2014 年第 8 期）

梅家往事

· 范梅强 ·

梅家三代

我是 1957 年生人，生在上海。两岁时和妈妈到北京，爷爷梅兰芳在我四岁时过世了。我一直生活在梅家，所以我这个外孙也随着其他孩子一起叫外公外婆为爷爷奶奶。

梅兰芳和奶奶福芝芳共生育了九个孩子，活下来的是老四、老五、老七和老九，我妈妈（梅葆玥）是老七，老九就是梅葆玖。家里人记忆最深的是老三，七八岁时得了白喉，当时白喉是传染病，没救过来。据说老三和爷爷长得很像，那时已经在跟着大人学身段了。

我妈妈是震旦大学，也就是现在的复旦大学文理系毕业的。除了上大学，我妈妈喜欢京剧老生，舅舅梅葆玖学了男旦。这不是故意安排的，学京剧是要按照自身条件选择的。我妈妈大嗓比较好，适合唱老生。

我的大舅舅是同济大学建筑系毕业，毕业后一直在北京建筑设计院任工程师，北京的十大建筑之一军事博物馆他参与了设计。

二舅舅叫梅绍武，燕京大学毕业，专业是西方文学。他是中国社会科学院美国研究所的研究员，经常写作和翻译文章，也写了很多回忆父亲梅兰芳的书。

到我这一辈我们家一共有七个小孩：三个孙子、三个孙女加我一个外孙。我们家起名字挺顺应时代的。大哥哥叫卫平，他是1952年生人，正是朝鲜战争的时候，卫平就是保卫和平的意思。二哥哥叫卫华。三哥哥出生时，爷爷正去日本访问，所以就起名卫东。大姐姐叫卫文，大妹妹叫卫红，这两个名字当时都很红，小妹妹名字是卫丽。他们都是卫字辈的。我的名字取妈妈爸爸各一个字。

爷爷不会说扎人家耳朵的话

我印象中的爷爷特别谦和。小时候我们兄弟姐妹七个经常排成一串，在晚饭后去找爷爷要糖吃。很遗憾的是，我没有一张和爷爷的合影。其他孩子在爷爷被采访的时候，都和爷爷有过合影，我因为上幼儿园之类错过了。

那时候住在护国寺，为的就是离人民剧场近，演出方便。

我还有些印象，大人演戏我就在后台玩，有一次还差点儿爬到台上去了，搞得观众笑场。还记得我小时候很喜欢到爷爷屋里，从他的展示柜里找好玩的东西，那些都是他从世界各地带回来的纪念品。

爷爷是心脏病突发去世的。之前已经约好越南总理范文同来家里拜会，虽然爷爷突然离世了，这个约还是要进行下去。我记得是周总理陪着范文同到家里来的。我奶奶说，我那个外孙和你一个姓，也姓范，抱他出来和你见一见吧。于是把睡梦中的我叫起来，换了身衣服，出来见客。

从梅巧玲（梅兰芳祖父）到梅兰芳，梅家都是性格温和善良的人。比如有人想请爷爷给指教一下，他从来不会说你这么演不好，那么演不对，而是说我在台上是这么演，我觉得这么演更合理，从来都是建议的口气。爷爷碰到票友向他请教，他会说，你是业余的，唱到这样已经非常棒了，我演出的时候这个地方我是这么唱的，我觉得这样行腔更合理。如果是专业的演员向他请教，他会说，今天因为我在这儿，你有些紧张，以后多多实践就好了。总是鼓励人家，不会说扎人家耳朵的话。

言慧珠你没有你先生的仙气儿

梅兰芳画画很好，像虞姬戏服上面的兰花、梅花都是他自己设计的。其实艺术本身就是相通的。他有一度非常迷画画，花费很多功夫。齐如山就劝他，说你是唱戏唱成梅兰芳的，画画画不成梅兰芳，它可以作为你戏之外修养的辅助，画画有张大千、齐白石呢。

还有一个故事，也是我奶奶总津津乐道的。言慧珠是爷爷最喜爱的一个女弟子，学梅派学得最为完美。言慧珠学了一出《洛神》，没公演之前进行了一次小彩排，请了好多老先生去看，演完就请老先生们指教一二。其中一位老先生就说，扮相、身段哪儿都好，就是没有你先生的那股仙气儿。言慧珠回家一想，我演的是洛神，没有仙气儿，那不是最大的失败吗？

之后言慧珠专门去请教那位老先生，请他说说仙气儿是怎么来的。老先生让她问梅兰芳去。梅兰芳说我也没什么特殊的，就是你那么演的。后来老先生指点言慧珠，说你先生会画画，会写字，会弹钢琴，这些你会吗？你有没有你先生的这些素养？所以素养是滴水穿石的，不是立竿见影的。

齐如山走了，爷爷就一直坐在椅子上发愣

电影《梅兰芳》上映后，好多人就问我梅兰芳和齐如山的关系是怎样的，实际上他们两人没有隔阂。齐如山希望梅兰芳跟他一起去台湾，他希望梅兰芳继续创作和唱戏，但梅兰芳说京剧姓京，我跑到说闽南话的地方唱给谁听？

我后来看过齐如山的女儿写的齐如山回忆录，说两个人那时每天都见面，一起说戏，关系特别好。两个人因为去留问题争论了好长时间，分别时，齐如山来家里，也没太多话，待了

一会儿就要走，我爷爷也没送出来。家里用人于妈想留齐如山吃饭，齐如山拽着于妈的手说：我要出趟远门，就把大爷交给你了。齐如山走了，爷爷就一直坐在椅子上发愣。

1961 年 8 月 8 日，梅兰芳去世。齐如山当时在台湾家里，他的女儿进门说：不好，梅兰芳去世了。据说当时齐如山"啊"了一声，也愣住了，就让屋里人都出去，他要自己待一会儿。他在书房里通宵达旦写了一晚上，写白了头发。第二天一早，交给女儿一篇纪念梅兰芳的文章，让她拿去发表，报纸全文登载。每次说到这些我都会很难过，这老哥俩儿是一种什么样的交情！

奶奶说：可惜孟小冬没给大爷留下一男半女

我的大奶奶王明华曾经生养了两个孩子，生第二个的时候子宫摘除，无法再生育了，让人心酸的是两个孩子又先后夭折了。爷爷周围的人觉得梅兰芳的艺术必须得有人继承，于是撮合了他和福芝芳的婚姻。我奶奶十九岁进梅家门，生的第一个孩子抱给王氏夫人，说大奶奶，这孩子是我给您生的。

福芝芳的月子是在王氏夫人房里坐的，王氏夫人给小孩织了一身小衣服，出了月子又把娘儿俩送回来。这是过去的妇女，她们的关系是这样的。电影《梅兰芳》这一段拍得不好，生活中她们俩根本不是"刀光剑影"的那种样子。我奶奶也是一个性情很温和的人。

孟小冬后来在台湾出的磁带，我妈妈很爱听，但都是背着我奶奶听。有一天，我奶奶向我要，听完以后奶奶说：她这两口唱得还真不错，可惜没给大爷留下一男半女。

我觉得奶奶能说出这几句对孟小冬的评价很不容易，包括后来她听从我爷爷的话将家里的文物全部捐出，这些事让我觉得她很伟大。

（《作家文摘》2014 年总第 1781 期，摘自 2014 年 10 月 22 日《北京青年报》）

妈妈林徽因在李庄

· 梁再冰 ·

1940年12月13日上午，我们从宜宾坐小木船（下水船）前往李庄，在木船摇到李庄时，我们孩子们高兴得同声大喊："李庄！李庄！"我们一家后来在李庄住了五年半，直到1946年夏天才离开这里。妈妈就是在这里失去了健康。

李庄镇在长江南岸。在物资匮乏的抗战时期，这里是一个物产比较丰富、得天时地利的好地方。一时间这个小镇成了后方的文化中心。

但是，李庄也是一个气候比较阴冷潮湿的地方，对曾患肺病的人很不利。我们到李庄后不久，就是1941年的元旦。我们焦急地等待着爹爹到李庄来，但爹爹迟迟未来。春节前，妈妈的肺结核症复发了。她的病势来得极为凶猛：连续几个星期高烧到四十度不退，夜间盗汗不止。当时爹爹正在重庆请求重庆政府教育部资助营造学社的经费。李庄没有医院，连体检的条件也没有。当时也没有抗生素类药物，更没有肺病特效药。妈妈身边也没有任何医生或护理人员，我（十一岁）和弟弟（八岁）太小，外婆年纪又太大。可怜的妈妈当时只能独自一人苦苦挣扎。

爹爹到 1941 年 4 月间才回到李庄，他又带来了三舅（空军飞行员林恒）在成都上空迎击日机时阵亡的噩耗，使妈妈在精神上又遭受到一次沉重打击。

在病情稍微稳定以后，妈妈开始读书。妈妈开始很认真地阅读《史记》和《汉书》并作笔记，想为营造学社研究汉代或更早期的建筑做文献资料方面的准备。

作为建筑师的妈妈一向重视"人"和建筑物的关系。爹爹曾开玩笑地说，妈妈那时简直成了一个汉代人的生活习俗细节的专家。

妈妈当时也读了一些英文书籍，如英国著名传记学家斯特拉齐写作的《维多利亚女王传》等书。妈妈在李庄的病床上也读了不少俄罗斯文学作品，妈妈此前比较熟悉英美作家的作品，这时开始接触相当数量的俄罗斯文学作品。《战争与和平》这本书当时我看的是中文版，她看的是英文版。19 世纪的俄罗斯文学作品开阔了妈妈的文学视野。她在给友人的信中曾谈到，她觉得 1805 年至 1812 年的沙俄时代同她自己经历过的（20 世纪）20 至 40 年代的中国有很多相似之处。

在中国古代文学方面，妈妈那时特别喜欢读杜甫的诗，尤其是杜甫在战乱年代写的诗。她曾为我比较详细地讲解过《北征》。这些充满对家人真挚感情的诗句因此而变得更加生动和难忘了。

（《作家文摘》2014 年总第 1791 期，摘自 2014 年 11 月 20 日《人民政协报》）

我和母亲红线女

·马鼎盛·

妈妈，你不要结婚

大概在我小学五六年级的时候，有人告诉我："你妈妈要结婚了。"好像没听见一样，我的眼珠转都没转一下，该干吗就干吗去了。晚上，我却总也睡不着。这一天终于来了吗？有个后娘还不够，非得添个后爹？

记得暑假回广州，到爸爸（马师曾，1900—1964年，著名粤剧表演艺术家）那儿去探望祖母。吃饭时，父亲介绍："这是王同志。"一张大脸很白很白，屁股大得不像话，样子记不清楚了，无非一个上海婆吧。一贯对儿子严厉的父亲，这次十分体贴："叫王同志。"不用叫什么阿姨之类，我还有什么好说的？

那年父亲刚六十岁吧？那位王同志三十岁出头，直到父亲去世，四年中我没有同她说过一句话。直觉的敌意，好像也没怎么冤枉她。王同志过门也就一年吧，祖母去世了。原来是何婶在做管家婆，我二叔把她抛弃后，何婶在我家十多年了，照顾祖母无微不至。王同志要进门，再大的屋子容不下两个管家婆，何婶能不走吗？

我是何婶带大的。在香港住跑马地黄泥甬道时，从记事起，妈妈就没在家吃过饭。后来才知道，父母分居了，妈妈带着二姐搬出去住。何婶无子无女，一直带大我，上幼稚园、圣保禄小学。直到父母回广州定居，我又被"分配"到妈妈家住，同何婶分开了。一年后，不知谁告诉我，何婶要回香港了。我马上跑上楼，回房间收拾好小藤篮，冲下楼说要去跟何婶走，谁也劝不住。直冲到大铁门，开不了锁，就大哭大闹。"我要何婶！"这号哭一直传出街外。

好在爸爸住得极近，何婶闻讯赶来，她是一路哭着来的。"何婶不走，何婶守着盛仔。"她安慰我好大一阵子。果然，何婶没有走，倒是我走卓了。读完二年级，我转到北京念书去了。

跟着父亲住的哥哥，被妈妈接过来住，不用受后娘的白眼了。现在可好，又要有后爹进门了。这回我们哥儿俩往哪儿躲？宿舍门缝钻进一股风，吹得脖子一阵发凉。

不行，马上要写信表态！心里明白，信两句话就写完了。现成的信封早贴上了航空邮票，外加航空邮签，准时半个月一封家信，破天荒没有句老娘汇报学习成绩。心算着飞机送信两三天到，两三天回，怎么十天不见回信？等足半个月，妈妈的回信也是一张纸，循例问功课、问身体，根本没提我的信。

　　时隔两年，我上了初二，妈妈到北京开会，住在民族饭店，才旧事重提："是谁教你这么写的？"百分之百的心声，谁人教得出？信上写道："妈妈，请你不要结婚，你结了婚，我就像哥哥一样惨。"

　　有位高级领导干部对我说："你妈妈还年轻嘛！"那一年，她该是三十五六岁吧，来我家的客人，上自七八十岁的老头儿，下至二十来岁的小伙子，我看着都可疑，一律不假以辞色。帮我补习功课，嘘寒问暖的，送礼物献殷勤的，没有不碰钉子的。好在我和妈妈见面的机会有限，彼此没有大麻烦。

　　小麻烦嘛，我也免不了。那年妈妈在北京疗养，住进颐和园，四合院里两室一厅的厢房。晚饭后做功课，我偏不在自己房里做，要跑到大厅占一张八仙桌，转眼就是 11 点。和妈妈一起吃过夜宵，精神大振，熬到一两点不成问题。来访的客人再也熬我不过。

　　我在北京读书，妈在广州工作，像这样给她站岗放哨的日子寥若晨星。妈妈打长途电话来询问，我骑车到邮局接听，声音沙哑，勉强对话，妈说不如回广州读中学吧？我不假思索地拒绝了。

　　作为名人之后，委实不容易，被人介绍一句是某某的儿子，本来无可厚非，但是，她是一个女艺人，又是离了婚独身的，三姑六婆的闲言碎语谁听得过来？当儿子有什么法子？躲在遥远的北京，耳根多少清净一些。下农村插队四年之后，我被分到粤北山区一个机械厂当工人，学徒工还没出师那年，妈妈不到五十岁。

　　妈妈结婚，当儿子的未免会尴尬，尤其是二十五岁的我。

所以，我的探亲假宁愿到两千公里外的北京过。在北京见得到的同学，都是一家大小亲亲热热的，那年头，没有几家离了婚又结婚的。

最模范的夫妻是周家叔叔，"文革"前的文化部艺术局局长。我父母亲1955年从香港回内地，周（巍峙）叔叔曾非常关照；我在北京念书。周叔叔还做过家长代表去我学校开过会呢！他和王昆阿姨相濡以沫几十年，也一直关心我妈妈的家庭生活。这次我上京，虽然没向他们吐苦水，但他们还有什么不明白的？好吃好喝招呼我好几天，有空就说说妈妈工作的成绩和辛苦。周叔叔说我妈这一辈子不容易，王昆阿姨也说我妈是个很要强的人，做儿子的，是不是得体谅她一点？

1977年，十年后第一次全国大学公开招生，我考上了大学，户口也迁回广州。重新和老娘同桌吃饭，已是二十年前的记忆。尽管在人前人后，我妈老伴长老伴短地营造气氛，但那八成是做戏。她第一段婚姻，年纪差太远，性格喜好格格不入，好在事业上是最佳拍档。直到近年广州"红线女艺术中心"落成，人们看到水落石出，红线女、马师曾六个字是如此密不可分。

我妈认为她第一段婚姻并非自愿，因此，自主的第二春一定要全方位成功。恰巧，同第一段婚姻一样，也不过十年光景，而且，最后一年，那位大作家患绝症卧床，我妈天天跑重病房照顾得无微不至，不惜工本。治肝癌的药费、营养品是无底洞，"尽力而为"这四个字，我妈算是做得漂亮得体。缺乏感情的婚姻，有时用钱也能弥补。

后来，当我们斗胆问到她第二段婚姻时，她也坦承"缺乏爱意"。唉！普天下眷属有几对是有情人？就算是一般的也总比没有强。

父母婚事

天下最无奈的事，莫过于"天要下雨，娘要嫁人"。其实爹要娶人才是古今中外更无奈的事。我爹娶后娘的时候，我大概十一岁。为什么大概？因为父母离异，我才六七岁已经跟母亲过了。那位王姓后娘同我总共没有见过几面，从来没说过话。在父亲的遗体告别会上，新华社照相，有关人士请我站在王同志旁边，我死活不干。十五岁的半桩男孩，大人们一时拿我没辙。现在拿起我在父亲遗体旁的照片，看着五十年前自己的一脸黑气，才懂得什么是不识大体。这种事在香港媒体的娱乐版面报道，触目的标题少不了是"名伶马师曾幼子大闹灵堂""马师曾遗体前，幼子与晚娘分庭抗礼"等。放到今天，一个五十九岁的盛年男子，事业有成，已经离婚多年，迎娶一个三十大几的女人，家里念中学的儿子应该没有什么社会压力吧。

"娘要嫁人"的问题对我的刺激极大。当年一副愤怒青年的架势，相信惊动了母亲的领导方面。不记得是北京文化部什么头面人物，找我认真地个别谈话，说你妈妈年纪很轻，应该找个终身伴侣。一番义正词严我充耳不闻，不是白眼相向，就是拂袖而去。当年在我眼中，接近母亲的除了油头粉面，就是人面兽心。有的前来搭讪，我肯定叫他下不来台。后来在十年浩劫中，母亲好不容易结了婚，我也算同吃同住了三年。当时那种敌视的立场、有几件事印象很深。外婆同母亲相依为命一辈子，老太太亲手奉上燕窝、人参、虫草、三蛇这些滋补品炖汤，如今不但要同别人分享，有时我妈还把大部分喂给"那个人"吃。外婆同我们提起"那个人"都愤愤不平又无可奈何。祖孙之间突然多了一个最热门的话题。

母亲夹在两个势同水火的男人中间有多么难过，我当时只顾自己的感受，并不懂得为人子的道理。直到1996年，外婆以一百零三岁寿终正寝，母亲孤身一人住在华侨新村的大屋。僻静的街区，隔壁发生过灭门血案；窃贼多次穿房入户洗劫，母亲被强盗打成重伤。我才醒悟到，妈妈身边没有一个老伴，在情在理都是我们的不孝。所谓做人难，做女人更难，做单身的名女人最难；母亲前前后后难了整整四十八年。

母亲突然离世

母亲走得太突然，2013年11月30日，我在广州图书新馆开了一场国防教育讲座，母亲从头到尾在第一排聆听。会后，她推掉和徒弟约好的饭局，坚持要和我吃午饭。最后她坚持亲自送我到火车站回香港，这是以前从来没有过的，她好像很舍不得我。我们早就约定12月底为她祝寿，我们母子合作的艺术纪录片《永恒的舞台》作为她"米寿"的献礼，谁料想12月8日她就走得那么急！

1938 年日寇轰炸广州，外祖父的生意毁于一旦，母亲从"西关小姐"沦落为澳门难民。中华民族的苦难历史给母亲刻下了永不磨灭的印记，我们没有经历战争年代的后辈不能淡忘民族的伤痛。好在我学历史出身，几十年文字工作更从历史角度观察思考人生。从中年步入盛年，我和妈妈的"代沟"逐渐冰释。

母亲对我女儿的家庭非常紧张，以前一直问她"几时结婚"，接着追问"几时生孩子"。她知道重孙辈预产期时，比我们迫不及待提前"封利是（红包）"。母亲走得太急，我的外孙女还差一个月，没有见到太婆婆。

2013 年 4 月，我提出拍摄一部母亲的纪录片，原定于 12 月 27 日首播。以祝红线女九十大寿，但没想到"生日片"变成了追悼片。

母亲去世一个星期来，我的胡茬儿已经长出一脸但没剃，因为这是守孝的规矩。一直以来，我都自命是一条汉子，从没那么崩溃过。在医生的安排下，家人最后瞻仰遗容，步伐缓慢地行到床前，事前我没有想过会这样，我的心情笔墨难以形容。就在最后那几步，我完全崩溃了。那种摧肝裂胆的感觉实在无法描写，后来我如何被人扶起来，休息及饮口水定神，我的脑袋始终空白一片。现在回想起来，母子生死别离，是如何刻骨铭心。随着时间过去，思念越来越深，恐怕到我死，这种痛都只会更深，人总是在失去时才更觉珍贵。

（《作家文摘》2014 年总第 1796 期，摘自《我和母亲红线女》，马鼎盛著，花城出版社 2015 年 1 月出版）

施光南为我写的唯一一首歌

·洪如丁·

生日礼物

《打起手鼓唱起歌》这首歌，是他这一辈子为我写的唯一的一首歌。

记得是在我们结婚一年后，7月的一天，那天刚好是我生日，我们两个人准备回到我的父母家中一起过生日。可近晚饭时，他还没回来，着急的我只好去院门外等他。

天色已晚，老远就看见他骑在自行车上，摇摇晃晃的，嘴里还哼着什么曲调就过来了，见到我就一把把我抓住，兴奋地说道："我要送你一件非常好的生日礼物！"我连忙把手一伸说道："拿来！"他像小孩一样地回答："现在不给你，回到咱们家再给你！"

待晚饭后我们回到自己家中，他刚一进门，一屁股就坐在了钢琴旁边，急促地掀起琴盖弹起来。那清新悦耳的新疆风曲调立刻吸引了我。这时候，他居然和着琴声高声唱起来了，"打起手鼓唱起歌，我骑着马儿翻山坡……"一首歌唱完，他一把抱住我问道："这歌，怎样，好听吗？"

望着还陶醉在他的歌声中的我，他激动地说："这就是我送给你的生日礼物。这首曲子，在你生日的前一些日子我就反复地酝酿，准备作为生日礼物送给你，只是没有合适的词，直到收到韩伟寄来的歌词填上以后，今天下午我又送到中央乐团女中音罗天婵老师那里让她试唱后，我才认为这是一部完整的作品，才能送给你啊！"

果然不出所料，该作品经过罗天婵老师一唱，电视台转播后，立刻流传到祖国大江南北，打破了当时沉闷的音乐界，街头巷尾到处都能听到有人哼唱"来来来、来来来"的歌声。

谁知道就这几个"来来来"却触犯了当时文艺部门的一个"大人物"，指责这首歌是资产阶级创作倾向。于是，《打起手鼓唱起歌》成为禁歌，光南也被下放到河北省农村劳动，进行所谓的思想改造。这首送给我当生日礼物的歌曲，也成为我和他两地分居一年之久的原因，直到我们的女儿蕾蕾出世，他都不能回来看一眼刚出生的女儿。

一盘磁带

我本人并不是一个文艺工作者，但是我喜欢欣赏音乐，尤其是他的音乐，这也可能是爱屋及乌的心理吧。我曾经惊讶地问他，你怎么会写出那样旋律优美的歌曲来，还不雷同，风格多样？他笑着说："所有的音符都在我脑袋里，我只要一点头就是一首歌！"我知道他当时是在开玩笑。后来我在他写的《我是怎样写歌的》一书中找到了答案——"真挚的感情是作品的基础，只有自己在创作中动情，作品才能打动人……"

1986 年我有一个去美国公司工作一年的机会。那时正逢改革开放的初期，我们一家没有自己的住房，和他的母亲挤住在一个单元房内，他写的《祝酒歌》等歌曲，一首歌仅有十五元人民币的稿酬。出发前我和他谈起我赴美后的打算，如果有留美的机会，我就打算把他和女儿接到美国去发展，他听后一言不发，在我一再追问下，他才吐出四个字："我不会去！"赴美那天，在机场我们告别时，他塞给我一盒磁带，告诉我里面录的是他新写的歌，想家时可以听一听。

在一次中国留学生的联谊会上，我想起这盘磁带，连忙放给大家听，当气势磅礴的交响乐前奏刚一出现，全场顿时安静下来，随后出现了佟铁鑫那深沉宽厚的男中音："我深深地爱着你，这片多情的土地……"会场里传来了低声的哭泣声，我自己也是泪流满面。此时此刻，我才明白他为什么给我这盒磁带，他为何回答我"我不会去"！

梦断《屈原》

写歌剧《屈原》是施光南的一个梦。那是 80 年代后期，艺术歌曲走入低潮，流行音乐和扒带子风气盛行。我也劝他不如写些流行歌曲，又省力又挣钱。我还故意激他："是不是你写不出来？""这样的曲子，我一天能写个十几首，但是我不想随波逐流，这种音乐没有长久生命力，像昙花一现，我要写一部能让中国歌剧登上世界舞台的歌剧。"

近三年的时间，他除每月一百零五元的工资外没有一点额外的收入。那时不敢想有空调，室内温度高达三十六七摄氏度，他光着脊梁，写谱子，天天弹琴，每每创作到深夜，汗水一滴滴地洒在谱纸上，他瘦了一圈，可他却很心满意足地告诉我，他已经写完了《屈原》全剧的钢琴谱，还要写总谱。

我发现我们当时年仅十五岁的女儿蕾蕾也成了他的帮手，帮他给总谱打格子，还帮他削铅笔。女儿还成了爸爸歌剧《屈原》的第一听众，她对剧中的每一个人物的唱段都十分的熟悉，他认为女儿有歌唱的天赋，可以唱《屈原》中的女高音婵娟。

1990 年 4 月 28 日傍晚，他把女儿蕾蕾叫到钢琴边来试唱他写的《屈原》中的一段插曲"离别之歌"，父女两人反复练唱这段难度高的唱段，女儿唱到高音时总也上不去，他就做了一个唱高音阶的示范，他一边拉高嗓音，一边动情地高高举起他的一只手——突然，他的脸色骤变，高举的那只手僵住麻木了，他只对女儿说了一句话："蕾蕾，快，快给爸爸揉一揉，我的手不知道怎么了。"就一下子倒在钢琴上。

女儿赶快搂住了他，他倒在了他心爱的女儿的怀中，他倒在了与他相伴一生的钢琴上，倒在他的歌声中，他带着未圆的屈原梦，就这样去了。

（《作家文摘》2015 年总第 1833 期，摘自 2015 年 4 月 30 日《北京青年报》）

"认识"父亲端木蕻良

· 钟蕻 ·

爸爸走了快二十年了。2012年2月我妈妈也走了，我开始逐一清理他们的遗物。随着爸爸研读过的古籍，写下的手札、日记，未完成的书稿等一一呈现，我常常被震惊，他哪儿来的时间和精力？这真令我感到汗颜，感到惶惑。我常会不由自主地问自己：我认识爸爸吗？

我自小和妈妈生活在昆明，住在军区国防文工团大院，从两岁开始每年妈妈都带我回京探望爸爸。"文革"爆发后，妈妈把我和姐姐送到了北京。

当时大伯、大妈和爸爸住一起，屋子狭窄，满眼是爸爸收藏的书籍。其实爸爸早就受到了冲击。原来隔壁单元有一间屋子是爸爸的书房，"文革"伊始，造反派就把他的书都扔了出来，说有的人还没地方住，端木的书竟住了一间屋子。爸爸素来敏感，一生经历的政治风浪和时事变迁更造就了他谨慎的性格。

身处"文革"的险峻环境，他变得沉默寡言。至今我还对某些场景记忆深刻。

爸爸有天挺晚才回来，听到开门声，大妈赶紧迎过去，想开过道的灯，却听爸爸低声斥责道："不许开灯！"大妈连忙退回来，跟着进了他的屋，很快大妈嚷嚷起来："哎呀，这是弄的啥呀！这衣服……"话没说完，就听爸爸又低声喝道："别吵吵！"我们想跟过去看看，大妈把我们挡了回来。爸爸则径直躺下了。第二天待爸爸离开，我们忙问大妈爸爸怎么了，大妈说："准又挨斗了。"边说边拿来爸爸的大衣："看，上面全是糨子！"

如果爸爸在家，基本上不是在桌旁写东西，就是躺在床上听半导体。晚饭后，他更是马上回他屋里，黑着灯一头躺倒，打开放在耳边的半导体，把音量放到最低。尽管如此，我还是常常听见一段音乐后是一男一女先后的声音："莫斯科广播电台、莫斯科广播电台……"对此我很是疑虑：爸爸居然敢听敌台？我问姐姐，姐姐只嘱咐我别对人说。我也只能心存忐忑。爸爸常听广播到深夜，不再有话。

有时，爸爸会让我当他的拐棍出去散步，可他哪儿僻静往哪儿走，尽走没人的小胡同，一路上也不跟我说什么，只不时地呵斥我一声："不许皱眉头！"我心里愤愤地："你自己就老皱眉头，还说我。"所以我很想妈妈，想回昆明。

当然生活中也有些许温馨的记忆。一天夜里刮大风，风声似鬼哭狼嚎，墙上的树影似鬼魂摇曳。我和姐姐睡不着，对面光明日报社一扇遮着绿色窗帘的窗户透出阴森森的光更令我们胆战。忽然，听到门外有动静，我们更害怕。一会儿门开了，灯亮了，一看是爸爸，我俩不由得笑起来。只见爸爸颤巍巍地端着个小盘儿，里面有两块蛋糕。他坐到我们床边，问我们是不是害怕了，他边安慰我们，边让我们吃蛋糕，依然没什么话，只是风声猛烈时，赶紧说："不怕，不怕，这是内蒙古刮过来的风，看，爸爸就不怕。"他的话让我们感到了久违的温暖。后来爸爸被下放到团河五七干校，几周才回一趟家，我于是回到昆明。

到1973年7月底，爸爸病重，妈妈和我再次来京。一见面，爸爸打量了我一下，忽然批评妈妈把个女儿打扮成这样：我当时上身穿一件背心，外罩一件短袖衬衫，下身穿姐姐的一条短裤，脚上则是妈妈的一双高勒皮靴，走起来哐啷哐啷的。妈妈很不以为然，爸爸非让我把衬衫脱了，我不干，爸爸有点儿生气了，说这么捂着会长痱子。妈妈于是也站到了他一边。我心里顿时对爸爸产生了不满，心想，一来就管我。

病中的爸爸有时看上去还好，可突然就抽搐起来，挺吓人。而且，他常说这儿疼那儿疼，妈妈为了弄清他哪儿疼多问一句，他就会发火。那会儿，我心里满是对妈妈的不平和对爸爸的怨气。甚至想过他死了就好了，我和妈妈就可以回昆明了。

那会儿，班里有个男生居然用废旧电子元件攒了一台电视。可把我羡慕坏了，我也把爸爸的"美多"半导体拆开研究，最后倒真组装了一台小半导体，可爸爸的那台却无论如何也听不了了。妈妈有些心疼，责备我，爸爸却鼓励我，不让她干涉。有了爸爸的支持，我更来劲儿了，最终把妈妈那台"牡丹"牌的也鼓捣坏了。要知道，这两个牌子在当时可都是最好的。

有一天，我发现灯不亮了，就撂上椅子，拿了电笔检查灯头，一会儿爸爸看见了，立刻蹙起眉头大吼起来："你个浑孩子，快下来，电能随便乱捅吗？"我自怔了一下，也立刻吼叫道："谁乱捅了？我是用的电笔！""用电笔也不行，你懂啥，你快下来！"爸爸更怒了。我竟然有了勇气，把嗓门提到最高："你以为你什么都懂啊，整天呲这个骂那个的，妈妈那么伺候你，你还老发火，我和她回昆明了看你怎么办？……"我仍然站在椅子上，语无伦次地一声接一声地质问，任眼泪、鼻涕不住地流。爸爸尽量和缓着态度想让我平静："好、好，爸爸接受你的批评，你下来，下来。"见此情形，我心里生出一丝怜悯，住了口，他慢慢转身要回他屋去，嘴里还念叨着："你快下来，爸爸改。"

"文革"结束后，爸爸在妈妈多年的悉心照料下身体逐渐恢复，精神面貌也焕然一新，长期积聚的创作欲望立刻让他投身其中。

爸爸很少谈及自己。在我心里，也很少把他看作什么人物，倒是他因生病时常爆发的坏脾气让我不常与他亲近。我知道他从小身体孱弱，在动荡中漂泊半生。新中国成立前他经历了朝代更迭、家国沦丧、战火硝烟、前妻病亡等人间大悲。新中国成立后，他又被历次政治风潮所裹挟，遭到诽谤和排挤，可他始终坚持不盲目跟风的创作态度，以激越澎湃的厚重情感和独特的风格表达，矢志不渝地颂扬人性的真善美。他一生除了在文学、红学、美学上有自己独到的建树，留下近千万字的作品外，在诗词、书法、绘画等方面也有相当的造诣。

随着我自身阅历的丰富，离开他老人家越久，我不由得常常想与他对话，但是……人所共有的悲哀啊，失去了才知道珍贵！

（《作家文摘》2015年总第1856期，摘自2015年3月20日《文艺报》）

家书中读懂父亲谢觉哉

·谢飞·

父亲是"延安五老"之一的谢觉哉，然而儿子谢飞对他的了解，却晚了四十多年。当谢飞整理父亲的书信时，在那些已经发黄变脆的信函中，方才渐渐读懂了谢觉哉的一生。

对父亲的了解晚了四十年

时光匆匆，一晃父亲去世已经四十三年了。我的青壮年时期，忙于事业，忙于成家、抚育孩子，也没有多少时间与精力去了解父亲。只是当我自己进入老年，专业和家务闲下来后，才开始去读母亲早在1982年就组织人编写、出版的《谢觉哉传》《谢觉哉日记》《谢觉哉文集》等著作，才开始对他的思想、工作、才华以及生活、情感有了些实实在在的了解。

整整晚了四十多年啊，可谓"不孝子孙"！我到了七十二岁，才开始真正"尽孝"。好在还有这句谚语：晚做胜于不做。

去年开始，我轮替哥哥谢飘，搬到母亲家住，有了更多的时间去陪伴老人，去阅读父亲的著述。母亲王定国也是位老红军，已经一百零二岁了，身体康健，她最大的愉快是每天看到孩子们在身边。父亲曾在杂文《爱父母》中写道："养父母，不只是给他们穿吃、不冻不饿而已，还要有亲爱的诚意和敬意，使老人们感到愉快。"

对于早已离去的父亲，我们努力去读懂他的人生、思想，了解父辈们的足迹与悲欢，是后辈的责任与敬意。这些，促使我开始编辑《谢觉哉家书》。

"不用怕，我教你"

很可惜，没有收集到父亲青年时期给其父母的书信。父亲十六岁时，他母亲病逝；二十一岁时他父亲去世。除了父母，家庭的主要成员就是配偶。现在找到父亲的书信，不少是给他的前后两位夫人写的。

说来有趣，在"文化大革命"结束前，我们兄弟姐妹都没有听说过父亲的第一位夫人何敦秀的名字，更没有见过她；只知道在老家湖南宁乡，父亲还有几个孩子，年纪都很大了，我有一个哥哥叫谢放，1937年5月也到了延安参加革命；知道我们的一些侄儿、侄女，不少比我们年纪都大，也多在北京上学。

后来通过父亲的日记、书信，特别是 1984 年我拍电影《湘女萧萧》时，第一次回到了父亲的故居——宁乡沙田乡堆资村的南馥冲，才第一次见到何夫人的照片。知道 20 世纪 50 年代她也随其小儿子谢放到北京居住，直到 1967 年，八十八岁，没有吃过一片药，寿终正寝。

编辑和通读了从 20 世纪 20 到 40 年代父亲给何夫人的家信，我才渐渐地理解了父亲家庭生活的复杂境遇，才最终体会到父亲一生中在处理家庭婚姻问题上显示的理智、温情与人性的光辉。

父亲与何敦秀的婚姻完全是旧中国农村典型的传统婚姻。何敦秀出身一中医世家，其父亲中过举人。那时候，父亲曾在何家附近的一个书院读书，与何敦秀的堂弟是同窗好友，多次受邀去何家玩耍，被何父看中，安排与其女见面，在两人默许下，双方家庭结下了这个姻缘。结婚时父亲只有十五岁，何夫人比他长近五岁。在 1939 年 9 月 8 日父亲致何夫人的信里，曾回忆说："四十一年前的秋天，我和你结婚了，那天，不记得谁在房里唱'送子'，我的外公拉我进去，说是什么'大事'。"那时的"大事"，就是家族的"传宗接代"。他们生活在一起的头十五年中，共同生育了四男三女。

父亲和我母亲王定国的婚姻则是组织安排的。1937 年，父亲已离开家乡、妻儿十多年了，国共开始第二次合作，共同抗日，我父亲被派到甘肃八路军驻兰州办事处做毛泽东的代表。我母亲在西路军战败失散多日后，在张掖找到组织，半年后她也来到兰州办事处工作。母亲后来跟在她身边工作的人讲（注意，不是直接和我们这些子女讲）：那时，组织上说谢老年纪大，生活上需要有人照顾，希望我母亲与谢老结为伉俪。母亲犹豫了，说希望给她时间考虑，她自己在四方面军时有个相好叫张静波，是她参加革命的引路人，现在不知还活着没有，希望组织上帮她打听清楚。后来查清张静波已在红军西征战斗中英勇牺牲了，母亲才同意了婚姻。

父亲是清朝科举的"末代秀才"，诗词文章，四乡闻名；而两段婚姻的夫人并不是什么"才女"，我母亲甚至还是文盲。母亲曾回忆说，结婚后，父亲写文章时让她去办公室拿《西北日报》，拿了三次都没拿对，就奇怪地问：怎么回事？母亲才难堪地说："我不识字。"父亲听后恍然，说："不用怕，我教你。"父亲在母亲第一次提笔给他的信上做文字修改，那也是他们教与学的一个有趣例证。在他们相伴的三十四年中，母亲不仅脱了"盲"，还跟着父亲学写诗词、练书法；晚年成为有名的书画社会活动家。

20世纪50年代末，八十岁高龄的何夫人被她小儿子谢放接到北京居住后，据说父亲和母亲请她来过家里，也多次过去看望她，并经常送去生活费。何夫人曾对我母亲说："王定国同志，感谢你对谢胡子照顾得这么好。"何敦秀1967年去世后，母亲又亲自过去帮助料理后事，两人互敬互重的情谊，令我们晚辈赞赏、感叹。

"一群骄而又娇"

养育儿孙，是父亲家书里的一个主要内容。20世纪50年代初，正值青壮年时期的湖南的儿女们，纷纷希望在北京"做大官"的父亲给予他们"照顾"，走出农村，到城里工作。这一时期的不少信件里，父亲都是在教育儿孙、亲友们要安心农村生产，学习新知识，跟上新时代，过好"土改关"，做一个自食其力的劳动者。

1950年1月21日在给两个大儿子的信中，他写道："你们会说我这个官是'焦官'。是的，'官'而不'焦'，天下大乱；'官'而'焦'了，转乱为安。"

给我们北京家里这些学龄孩子的信，就多是学习、品德教育的事了。1945年12月，在十四年艰苦抗战胜利之后，父亲作了一首《沁园春·为诸孩》：

三男一女，飞飞列列，定定飘飘。记汤饼三朝，瞳光灼灼；束脩周载，口辩滔滔。饥则倾饼，倦则索抱，攀上肩头试比高。扭秧歌，又持竿打伐，也算妖娆。

一群骄而又娇，不盼他年紫束腰。只父是愚公，坚持真理；子非措大，不事文骚。居新社会学新本事，纵是庸才亦可雕。吾衰矣，作长久打算，记取今朝。

好一幅"群孩戏父"的图画啊！在父亲心中，将养儿育女的辛劳化为快乐，把培育后代与自己终生追求的"真理""新社会"理想结合起来，岂非人生幸福的极致？

20世纪60年代，自大儿子谢飘到外地上学起，父亲给我们的信就多了起来，他抓紧一切可以写信的机会，如去外地开会、休养，或当孩子们给他写了信、送了礼物时，事无巨细地关心与教导着成长中的儿女们。父亲在我们孩子们眼中一直是个慈祥老人的模样。在我孩童时的记忆中，父亲总是在伏案工作，任凭我们在周围嬉戏，打闹成一片，他仍旧提着毛笔，独自写着东西；实在吵得无法工作了，他顶多呵斥几句，伸出虚握的拳头在我们脑壳前威胁一下。

现在当我老了，年过七十的时候，浏览父亲当年用他纯熟的毛笔书法写下的这数以百万计的著述，才开始真正进入了他的思想、情感、文化世界中去。

（《作家文摘》2015 年总第 1878 期，摘自 2015 年 9 月 28 日《解放日报》）

第二章　人间事都付与流风

父亲南怀瑾：不要做大师，只做"打湿"

·南一鹏口述，王跃采访整理·

国学大师南怀瑾去世已经三年有余，他的文化影响力有增无减，对于他的"神化"与非议却也一直弥漫在中国传统文化空气中。作为子女中跟随父亲时间最长的一位，南一鹏对南怀瑾先生的了解无疑最多。

"大侠"南怀瑾

父亲南怀瑾1918年出生在浙江省温州市乐清县的一处安静院落中。身为家中独子，父母对他钟爱有加并寄予厚望，因此在很小的时候，他便被父亲送到私塾接受启蒙教育，奠定了他一生的传统学问基础。小时候的他三天两头生病，却喜欢练武，一心梦想着做个侠客。他曾经偷偷叫人帮忙买了许多带插画的武术书，自学书上的招式，倒也有模有样。

十几岁时，书读得多了，见识广了，父亲便不愿局促在家乡这个小小的地方。当时正值抗日战争前夕，全国武风惟扬，一位在外做事的同乡见父亲对外面的世界充满好奇，便建议他到杭州的浙江省国术馆去，这正合了他痴迷武艺的心意。于是，他便辞别家人，远走杭州，开始了一生的修行之路。

在国术馆的两年里，父亲勤奋练武、读书。杭州庙宇道观众多，他也一心想着要寻访得道高人。于是，一次偶然的机会，父亲邂逅一位"四眼和尚"，从他那里得到一本装帧精美的《金刚经》，开启了与佛法的因缘。

杭州的两年时间过去了，父亲的内心深处被一个神秘的声音牵引，这个声音告诉他，往西南方向走，那里有他想要实现的东西。于是，在一股莫名的冲动下，他一路经过九江、汉口、重庆，最后到达了成都。之后，他依然每逢假日闲暇，遍游蜀中名山大川，访求高僧奇士。后来结识禅宗大师袁焕仙，并闭关修行多年，在禅宗的道路上又精进了一大步。

"打湿"中国文化

20世纪40年代末，父亲只身到达台湾，开始致力于中国传统文化的教育事业，他曾经说过："我不要做大师，只做'打湿'，中国的文化空气太干燥了，我要打湿它。"从弘扬佛法开始，他举办禅七，50年代初他在困境中写就《禅海蠡测》一书，后来在大学中于设课程，讲授哲学与禅学。

做人有方圆，做事有尺度，是父亲的处世技巧。在台湾时，他本有机会踏进仕途，然而远离政治是他的一贯标准，这是他的"方"；但另一方面，他并不拒绝与高层人士来往，只要有人听他的课，来者不拒，这是他的"圆"。正是这"方圆有度"的处世大智慧，使得他的人生左右逢源，路途坦荡。

多年来，父亲让人啧啧称道的还有他对于社会的回馈。在台湾时，他牵头成立了东西精华协会，积极参与各项社会公益，比如为偏远地区的小学送救济衣物，为灾民筹备赈灾捐款，长期提供贫困学生助学金，等等。80 年代在香港定居之时，他提议建设金温铁路，出面筹款四千五百六十八万美元，并在建成之后基于"功成身退、还路于民"的想法，将股权全部转让。晚年时，他仍牵挂着内地的传统文化传承之业，发起儿童读经运动，点亮文化之灯。后来他更是移居苏州，创建"太湖大学堂"，虽已在耄耋之年，却依然在课堂上纵古论今。

几十年来，世人对父亲的评价极高，赋予他的头衔也数不胜数：诗文学家、佛学家、教育家、武术家、国学大师……而在我眼中，父亲所拥有的一切头衔都可以化作三个字：大居士，因为他秉持着平和自由的心性，视天下人为子女，也视子女为天下人。

生活中的父亲

在生活中，父亲和在公共场合的样子差别不大，其实我们这一生最轻松的方式就是言行如一。父亲九十多岁的时候身心状态还很好，但是他说自己不养生。这其实是休闲的秘诀。我们的身体本来就有恢复的功能，但是我们常常过分关怀它，给它很多压力。要放松。我们的身体、细胞总是长期处在一种紧张状态。我父亲常常讲，气是要通的。

父亲从来不管我的学业，我也一直都没有问题。父亲对我从来不勉强。我对我的孩子也是一样。所以说人不用去教，他自然会学的，每一个人都是这样成长的。

我父亲从来不会刻意教育孩子，但是我从小在他身边看他怎么待人接物。比如，送客父亲一定要送到门口，如果房里还有客人，父亲就会叫我代表他去送客，人家走了以后还要在那里站一站，怕人家回头；吃饭，一定要吃光。

我上初中时，父亲就跟我说："现在开始，每个礼拜给你五块钱，自负盈亏。"我父亲真的是在培养我自主独立的个性，这是我非常感恩的，所以我从来不依赖任何人。

在面临人生重大选择时，父亲从未给过我建议，我也习惯了从不问他，结婚也是事后告诉他人，我孩子的名字全部我取的。他把这些事看得很淡，我也是。我对父亲没有负担，我也希望他对我没有负担。事实上我跟他非常亲。人与人之间真正的亲密，是你不要去求他做什么，而是活在当下，每一个亲密都是最美的。我们之间的父子关系就是这样，所以我很幸运。

（《作家文摘》2015 年总第 1894 期，摘自《北京青年周刊》2015 年第 49 期）

我的祖父周立波：人间事都付与流风

·周仰之·

晚年的陪伴

　　1973年，我十三岁，祖父周立波六十五岁。在长沙岳麓山后山财经学院空旷的校园里，常常可以看到我们一老一小在散步，边走边谈。我们固定每天散步三次，早餐前、午餐和晚餐后。在"文革"后期，祖父从监狱放出来到了这里，我们住在作为五七干校的原教学大楼里，完全没有人来管我们。

　　祖父在"文革"中被关了好几年。1972、1973年政策稍稍松动，专政机关计划逐步恢复他的自由，曾经试着让他住医院，出院后就可以直接回家了。但祖父是性情中人，极爱说话，也容易和别人交朋友。他在住院的时候和病友说得太多了，就又被关了回去。我还记得父亲知道此事后铁青的脸，事后他当面数落祖父，祖父怪不好意思地听着。

这一回由五七干校过渡到恢复自由是祖父的另一次机会，父母不敢再大意，特让我这个初中生休学陪伴爷爷。所谓陪伴，主要是陪他说话。我不可能去告状，又满足了祖父说话的欲望，爸妈的这一计不可谓不高。

我离开了父母、弟弟、朋友、学校，和祖父单独住在一间大教室里，中间拉一帘子，晚上睡在床上还在不停和爷爷聊天。除了父亲隔几天来一次，我们过的几乎是与世隔绝的生活。奇怪的是我一点也不觉得生活枯燥，反而每天都过得很充实。可见与有智慧的师长在一起或有一个高明的谈话对手是人生一件多么宝贵的机遇。

祖父是个待人接物不亢不卑的人，对我这个小屁孩和握有他生杀大权的专案组人员，他的态度都是一样的。只有对一个人他的态度是谦卑的，看其眼色的，那就是他的大儿子路易——我的父亲。我父亲个性随和，我们对他说的话，十句倒有九句嗤之以鼻或不放在心上。唯独在他父亲——我祖父的面前，他扮演一个沉稳、负责、一言九鼎的角色。少年的我观察到了这个不同，但搞不清楚为什么。直到人到中年，我才算是明白了他们父子间的恩怨和态度的微妙处。

祖父应该是不会满足只和我一个人交流的，他丰富活跃的头脑需要各种养分和刺激。但到今天我都认为当年早熟的我还是给祖父带来了很多安慰和欣喜。那时候祖父时不时地拥抱我说："我好喜欢你！"虽然是一种完全陌生的礼节，还是让我感受到了祖父温暖的爱意。

　　周末我们走路回七中我父母家。说到周末，我还设计了祖父一把。其时我祖母姚芷青常来我家帮忙家务，每次祖父来了她就回避。那天我知道祖母还在，就一路和祖父赶回家。祖父好胜，不知有计，和我比赛着你追我赶比平时早到了好多。当我们满头大汗从厨房进门时，劈头就碰见了还在忙碌的祖母。两人多年没见了，在完全没有准备的情况下火星撞上了地球。我这个"导演"目不转睛地观察二人。只见祖母从容不迫地在围裙上擦了擦手，就主动和祖父握手。两人开始亲切而得体地互致问候，闲话家常。祖母和祖父同龄，但显得比他苍老，脸色灰暗。祖父虽然刚坐过好几年牢，但是脸色红润，腰板笔挺，看起来精神比祖母好。祖母一直主导着谈话，没过多久她就在再道珍重之后庄严地告退了。

　　事后，深沉的祖母对此次会见不置一词。祖父倒是兴奋得很，在此后的一个星期里，不停地夸我有心计，说：看过三国的孩子到底不一样。看得出来祖父确实开心，但仅仅是因为有个聪明的孙女吗？

　　以上种种，都只能占用到我们时间的一小部分，大部分的时间里，祖父都在讲述他的漫长而充满了传奇的一生。好奇的我连连发问，爱说话的祖父更是滔滔不绝地说了个痛快。到今天我也觉得祖父的一生和他周围发生的故事比他留下来的三百万字的文学作品更丰富、更值得回味。

文学事业的顶峰

1945 年 10 月祖父立波参加土改工作队到黑龙江省元宝屯参加土改，半年之后调到哈尔滨市担任《松江农民报》的编辑。在哈尔滨期间祖父花了五十几天写出了《暴风骤雨》上卷的初稿。1947 年的 7 月他和太太林兰一起到松江省的周家岗一边观察那里的土改，一边在一个只有三条腿，第四条腿是用砖头码起来的桌子上改写《暴》书的上卷，这一次的改写花了四个月的时间。

1947 年底到 1948 年上半年，他和林兰住在哈尔滨，他们住的欧式的别墅里面，花草茂盛，环境优雅。林兰是一位体态修长，衣着有品位，面带忧郁的太太，在那段时间里留下了不少的很有小资情调的相片。但祖父和那环境好似并不协调，他一有空就去乡下参加土改，穿着像老农，背着土里土气的包袱，风尘仆仆地跑来跑去。他并没有融进漂亮欧化的哈尔滨生活，就像他早年没有被大上海同化一样，固执地保留着自己农民的气质。

《暴风骤雨》一书的创作是工程浩大、严谨认真的工作过程，祖父一共花了三年多的时间。当年他正值三十八九岁的盛年，文学养成和人生经历都到了火候，企图心也旺盛，这许多有利的条件会合在一起，水到渠成，才创作出了他一生中最有才气，也最受欢迎的作品。

祖父的两部最重要的长篇小说,《暴风骤雨》花了三年的时间,《山乡巨变》更是花了六年之久。这两部长篇的文字精致讲究,情节铺排起伏有致,人物刻画生动。虽说写的是土改、合作化这样的题材,但写得非常诙谐有趣,引人入胜。

1948 年 4 月《暴风骤雨》上卷在哈尔滨出版,马上就受到了热烈的欢迎,并受到文艺界的推崇。1952 年,《暴风骤雨》得到苏联斯大林文学奖三等奖。有人说《暴》书受《被开垦的处女地》影响,这当然难免,毕竟祖父是《被》书的翻译者。

苏联方面对此倒不在意,反而因为祖父小说中的人物结构和《被》书有三分近似而特别喜欢《暴》书,对祖父也念念不忘。"文革"中祖父被关了好些年,很多次他生日时都有能听得懂俄文的人偷偷告诉我,苏联在举办活动纪念你爷爷周立波的生辰,他们听广播知道的。对一个在本国倒霉的外国作家这么看重,真让人感动。

我祖父对他的两位太太不怎么好,对他的两个儿子也有亏欠,但他对文学事业兢兢业业,很对得起他的读者。

苏联之行

1949 年 10 月中华人民共和国成立后不久,苏联和中国决定合拍《解放了的中国》和《中国人民的胜利》两部纪录片。电影的编导是得过几次斯大林奖的有名编导格拉西莫夫,祖父和刘白羽是片子的中方文学顾问。1950 年的 6 月,祖父随摄制组到了苏联，在那里待了三个月，完成影片的后期工作。

值得一提的有两件事。第一是摄制组在上海时因为祖父在提篮桥西牢关过，格拉西莫夫觉得有第一手材料很重要，对那里作了拍摄和介绍。第二是祖父已经到了湖南但没有回家，也没有通知多年没有见面的家人去见他。这和他总是把工作放到第一位有关系，恐怕也和他不知如何处理芷青和两个儿子的问题有关系。

两部纪录片 1951 年得了斯大林文艺奖一等奖，祖父将所得奖金一千五百万元（旧币）全部捐献出来，买飞机支援当时正在进行的抗美援朝。据说奖金送来的时候体积惊人，堆满了一桌子，祖父绕桌而行，愁道："这可如何办才好？"是文艺界长久流传的有名笑话之一。

前面说过了 1952 年祖父又因《暴风骤雨》一书获得了斯大林文学奖三等奖，奖金两万五千卢布全部捐给志愿军买书报。这两笔奖金折合成今天的钱到底值多少其实没有意义，这些钱和祖父大部分的稿费、工资一样很快就捐出去了。祖父常常说他不在乎金钱名位，只想写作，还真的不是什么沽名钓誉之言，他一辈子对钱财确实没有什么感觉。

重逢不是团圆

祖父延至 1950 年 10 月才回到家乡，省长亲自去火车站迎接，场面盛大。分别多年后的祖父和芷青重逢，两人都很伤感。

祖父在儿子面前一副爱恋妻子的样子，芷青虽然知道祖父在延安另组家庭，但态度温和，没有要闹事的意思。

林兰和芷青见面之前很紧张，见到芷青后开口就叫姐姐。祖父刻意把林兰从老家的后门带进家里，据说按旧习俗只有大太太才能从正门进家门。这事祖父特意告诉路易，有点表明态度的意思。芷青对林兰也很客气，还提出林兰的工作忙，可以把小孩留在湖南，由她照料。三个人隐隐然有点要共存之意，但也没有明确的交代，对芷青和两个儿子今后的生活也没有做出什么安排。

祖父回到家乡去见了岳父姚外公，提出来要给姚外公一笔钱。姚外公很实在地告诉女婿生活很好，不需要帮助。祖父就捐了一笔钱在姚家湾附近的峰树山种树，要把那里变成花果山。祖父年轻时不顾家，年纪大了之后个性大变，对家人和家乡唯恐照顾不力。当时他是文艺一级，工资三百多元，和当时国务院副总理的工资差不多，算相当高了。

路易革大毕业后坚决要求去湘西剿匪，车队走到常德他却得了急性肠胃炎。路易的病拖了好久都没有好，就滞留在常德了，后来便在常德分配了工作。经过一场大病，路易的身体更弱，他的上级就给他开了一封介绍信让他到北京父亲处休养。路易回到益阳准备行装，他决定带着十五岁的弟弟雅可一起走。

两兄弟到了北京，雅可很快就被送到一零一干部子弟学校念书。雅可性格安静寡言，和继母的关系不错。他高中毕业后去苏联留学回国后一直担任技术工作。路易在北京休息过一段时间后就回到湖南继续工作了。晚年老爸常常得意扬扬地宣称他如何英明果断，改变了弟弟的命运。

雅可离开益阳的时候芷青才四十一岁，正当盛年。她给自己找的新的人生方向是出去工作，毕竟她一直都是职业妇女，也一直是地下党员，能力和资历都够。芷青托祖父为她找一份工作，被祖父拒绝了，理由是怕影响不好。

最后还是芷青的入党介绍人韩淑仪为她在湖南中级人民法院找了一份书记员的工作。努力的芷青一边工作一边学习，不久取得了初中学历，被升为中级人民法院婚姻庭的审判员，人称姚法官。姚法官头脑清晰、有决断，为不少的家庭解决了复杂的婚姻问题，成了小有名气的法官。

过了一阵子，林兰沉不住气了，闹着要祖父和芷青离婚。祖父被逼不过，开始和芷青谈离婚之事。好脾气的芷青这时候发了火，无论如何不肯离婚。她工作的单位找她谈，她把祖父当年写给她的信拿出来，证明丈夫到了延安后还给她写过情深意长的信，在信中夸她如何能干、贤惠，把两个儿子和父母重重地托付给她。

芷青把丈夫的托付牢牢地记在心上，经历了战乱，经历了迫害，万般为难辛苦都没有让老人孩子受什么委屈，她对丈夫在延安的婚姻也表示理解，认为丈夫无论如何也会给她一个合理的交代。如今合理的安排交代没有，一开口就是要离婚，分明是过河拆桥，叫她如何咽得下这口气？

芷青这一倔，祖父和单位拿她也没有办法，离婚的事也就不了了之了。芷青没有离婚，也没有向富裕的丈夫要什么经济补偿，倒是断了自己开展新生活的路。可惜我不是芷青的婚姻顾问，回望过往，只能无奈地看着她带着浓郁的悲剧色彩走完她的后半生。

祖父的故事让我笑，让我哭，带给我豪迈的激情，也带给我沉甸甸的心情，但在我写下来时倒是希望，就像祖父在诗中所写的，让人间事都付与流风吧。

(《作家文摘》2015 年总第 1896 期，摘自《人间事都付与流风——我的祖父周立波》，周仰之著，团结出版社 2015 年 1 月出版）

父亲韬奋的爱

·邹家华·

　　韬奋（原名邹恩润，韬奋为其主编《生活》杂志时所用笔名——编者）是一个平凡的人，但韬奋精神是伟大的，从这个意义上说，他也是一个伟大的人。他的伟大，包含着他诚挚而广大的爱。他不仅爱家人，爱朋友和同人，更爱他的祖国和人民。

　　韬奋作为家长和父亲，是非常爱家庭、爱孩子的，不论工作多忙，他总要抽点时间和孩子玩。每天晚饭之后，他总要逗我们玩一阵子，才去他的工作室工作，这成了他生活中重要的内容。有一次嘉骊趴在地上哭闹，怎么劝她也不行，于是，父亲也伏在地板上陪她假装哭，一直到孩子破涕为笑。天下的父母都爱自己的孩子，但韬奋对儿女的教育的确有他的独特之处。那时，家里除了一日三餐，母亲在生活细节方面主张对孩子严一些，她不让孩子们吃零食，也不赞同给我们零用钱。而父亲则不一样，他主张给孩子们一些零用钱，可以让我们随时买一些学习需要的东西，因为他认为这样做，可以培养我们独立生活的习惯和能力。我想，这和他多年在外独立闯生活，早早自立很有关系。

他对儿女在学业和精神方面的培养，尤其注意。有一次，晚上嘉骝回家啼哭，父亲一问，知道是因为嘉骝古文背不出来，被老师责打。他不但不责怪孩子，反而认为老师体罚没有道理，所以，他连晚饭都没顾上吃，立刻到学校对老师提意见。我想，这可能和他清明的民主作风有关。还有一件事让我难忘，当年他第一次流亡到英国，收到我们从国内寄的家信，知道我病了，而且病得厉害，父亲因此三个晚上没有睡觉。他对亲人的爱是深沉而诚挚的。

"推母爱以爱我民族与人群"，是韬奋的思想。这种爱，直接表现在他对工作和事业的爱，那是投入了他几乎全部精力的。"竭诚为读者服务"，就是他内心最真诚的想法，这句话至今镌刻在三联书店的墙壁上。

韬奋最大的心愿就是办好一个刊物，他曾说："要使读者看一篇得一篇的益处，每篇看完了都觉得时间并不是白费的。"他主张："用最生动、最经济的笔法写出来。要使两三千字短文所包含的精义，敌得过别人两三万字作品。"为了达到这样的效果，他从确定刊物的方针，到组稿，到编辑定稿，一直到最后出版付印，乃至发行，他都投入了巨大的精力与心血。他除了在文字内容上投入精力，刊物和书店的经营和人员管理他也是殚精竭虑，不断追求更高的目标。而在这些工作当中，他又培养了不少青年一辈。

在培养和管理的过程中，他把对同人的关爱，对事业的热爱都倾注其中。许多青年人在生活书店的工作中，在他的以身作则和严格要求下，迅速成长起来。以至于在那个时期，全国出版界、新闻界的不少骨干人物都是从生活书店走出来的。

当然，最能体现他的爱之诚挚与广大的，就是他对民族和祖国的爱。他说："中国人的浴血抗战，抵御日帝国主义的侵略，为的当然是要抢救我们的祖宗所遗留下来的具有五千年文明的祖国，和千万世子孙的福利。只就这一点说，已经值得我们牺牲一切，为我们的祖国而苦斗。"他从日常的工作入手，从他擅长的领域出发，一篇文章，一件事情地，他把他热爱的工作，与民族解放紧密联系起来，与争取人民民主、促进社会进步紧密联系起来。他曾说："我们这一群傻子的这一个组织，所以要这样挖空心思来尽量使它合理化，目的却不是仅仅为着我们自己，我们要利用这样的比较合理的组织，希望能对社会有更切实的贡献。""我们这班傻子把自己看作一个准备为文化事业冲锋陷阵的一个小小军队，我们愿以至诚热血，追随社会大众向着光明的前途迈进！"

韬奋自小受的虽然是封建的旧式教育，在他初期从事的社会活动中，也带有资产阶级改良主义色彩，但是，中国革命的伟大实践以及传播到国民党统治区的毛泽东著作，使韬奋逐渐认清了中国革命的前途，认清了只有中国共产党才能领导中国革命走向胜利的道理，从而找到了前进方向。

在韬奋人生的最后时间里，他的病情日趋严重，疼痛难忍，每天靠打止痛针维持。尽管如此，他还是强忍病痛继续在病床上写作。重病期间，他仍"心怀祖国，眷念同胞"。用他自己的话说："以仅有一点微薄的能力，提着那支秃笔和黑暗势力作艰苦的抗斗，为民族和大众的光明前途尽一部分的推动工作……"

韬奋先生因为有这样一种对人民对祖国的大爱，才会有坚定的行动，有贯穿一亡的坚持，有广大的胸怀。当年，他们"七君子"获释出狱后，在群众欢迎会上，韬奋当场题词："个人没有胜利，只有民族解放是真正的胜利。"也因此，他才是一个伟大的爱国者。

（《作家文摘》2016 年总第 1898 期，摘自《读书》2015 年第 11 期）

祖父叶圣陶的金兰谱

·叶兆言·

清末废科举是个进步，规则改变了，新学开始流行。但凡家中有点余钱，都会让小孩去新学堂。也就是在这时候，苏州府所属三个县，一口气竟然合办了四十所小学。1907 年，草桥苏州公立中学开始招生。

我祖父叶圣陶是草桥中学第一期的学生，过去常听家人说起他当时的同学，有顾颉刚，有王伯祥，还有吴湖帆，都是有头有脸的人物。祖父他们这一代人有幸成才，草桥中学的这段历史固然重要，后来的用功也不可抹杀。

同学少年多不贱，五陵衣马自轻肥。一百多年前，中学刚毕业那阵，未能继续上大学的祖父，心情一定会有些压抑，难免羡慕嫉妒恨。从草桥中学走出去，继续深造上大学是常事，他的同学有好多都去了北大。后来的一些好友，如朱自清，如俞平伯，也都是北大出身。祖父生前经常提醒我们，上不上大学并不重要，过云一直以为这么说，是因为他自己学历不过硬说气话，后来才明白。其实是在鼓励我们小辈。

2015年12月到苏州参加会议，有位喜欢收藏的朋友给我看了一张图片，是祖父中学时代与同学袁封百的"金兰谱"。耳闻不如目睹，过去也经常听说，武侠小说上似乎瞄过一两眼，基本没往心里去。这次却完全不一样，看了以后，觉得很好玩，真的很好玩，立刻有要与读者一起分享的念头。为便于阅读，我把上面文字抄点下来：

袁君与余同学已二年，各人意气相投，因而结为异姓手足，非邂近而结为兄弟者可比。以道义相交，以学问相友，深耻若辈所为。爰各作盟誓，以各示己志，始得始终如一，不致首鼠两端，以贻人笑。议其誓曰：

道义相交，学问相友。有侮共御，有过相规。富贵共之，贫贱同之。终始守恃，弗背弗忘。谓予不信，有如河汉。

写这段文字时，祖父才十四岁，也就是光绪三十四年，公元1908年。如果说有点精彩，不是文字好，恰恰是因为难得的稚嫩。孩子气的稚嫩才有意思，一旦沾上了历史包浆就是珍贵的文物。祖父在我们心目中，始终都是正人君子，形象严肃认真，现在看到这份金兰谱，不禁哑然失笑，原来早在小时候，他老人家就有些一本正经。当年，这样的金兰谱，也许很像前些年我女儿刚读中学时的圣诞卡片，上面写着流行的励志或者抒情歌词。我猜想如果没名额限制，论交情，论志同道合，祖父更可能还与顾颉刚和王伯祥交换过金兰谱。否则便会让人想不太明白，同学之中，顾颉刚大一岁，王伯祥大四岁，为什么偏偏只和比祖父大七岁的袁封百结为"异姓手足"呢。在我伯父写的那本厚厚的祖父传记上，甚至都没提到这位袁封百先生。

少年不识愁滋味，为赋新诗强说愁。从草桥中学毕业，袁去了北大，然后就是在东吴大学教书，擅长书法篆刻，与画家吴湖帆交往颇多。袁家是世家，顾颉刚和俞平伯的家世都很有来头，和他们相比，出身于平民的祖父根本没钱去念大学，他是完全靠自学成才。

志同道合，契若金兰，金兰谱的格式很有意思，不看实物不知道，看了恍然大悟。最有意思的当然还是前面的自我介绍，如实填写交代家族四代人的姓名，祖父的父亲竟然娶过三个妻子。我们只知道有个与祖父一样长寿的姑奶奶，不知道祖父还有早年过世的胞兄和胞妹。

除了这份金兰谱，袁家还保存着当时互相送的照片，照片背后有祖父的题字：

同学经年，意气相投，蒙不弃结为兄弟，无有为信，聊以小影表微情。封百兄收存，至若家世里居，盟誓之言，则详于兰谱不赘。如弟叶绍钧持赠。

（《作家文摘》2016 年总第 1903 期，摘自 2016 年 1 月 3 日《东方早报》）

大舅陈岱孙

·唐斯复·

我的大舅陈岱孙（1900—1997）是我国著名经济学家、教育家，经济学界一代宗师。这位与 20 世纪同龄的老人，在漫长的一生中只做了一件事：教书。

威严的人

在我少年时的印象口，我大舅是位威严的人。他个子好高，身板笔挺，穿着也笔挺。年节时看望长辈，坐下喝杯茶，话不多，又笔挺着走了。

寒假时，我到北大镜春园小住。镜春园甲 79 号平日安静的时候多，陈先生即使不外出上课，8 时整也会坐到书桌前，一盏旧式绿玻璃罩的台灯便亮了，他潜心看书写字。他二十八岁担任系主任，一直做到八十四岁。有时系里教员之间意见不一致，一起到镜春园开会。只听客厅里先是一阵双方语气激烈的争论，静下来后，是陈先生说话的声音，话不多，然后就没有声音了，不一会儿，传来开门和纷沓离去的脚步声。常听人们说，陈先生一语千钧，一锤定音。

实际上，陈先生一点也不可怕，从少年时我便喜欢和他在一起，喜欢镜春园家里的宁静和秩序。每一物件都有固定的放置地方，那煮茶的壶，套在壶上保温的绣花罩子和粗瓷杯碟，至今仿佛唾手可取。去上课之前，他把茶喝够，讲课几个小时无须再饮水，他说自己是"骆驼"，这习惯一直延续到他九十岁。正餐四菜一汤，这大概是他在清华学校包饭时留下的规矩。那时吃些什么已记不得了，但是，忘不了吃饭时的情景。饭菜摆上桌了，厨师朝年去里屋请四婆婆。穿戴梳妆整齐的四婆婆慢慢走出来（她腿不好），陈先生在门边迎候母亲，抬起左臂，四婆婆扶着儿子走到桌边，他接着为母亲把椅子放合适，扶她坐下……

"少年革命党"

陈先生求学的故事，是最令人难忘的。陈氏家族是福建闽侯的望族，书香门第，传统的老式大家庭。末代皇帝溥仪的老师陈宝琛太傅是陈先生的伯公。陈先生留过小辫子，六岁到十五岁在私塾读书，国学基础厚实，酷爱读历史。他的外祖母家景况完全不同，十分洋派，他的外祖父罗丰禄是清廷第一代外交官，舅父也曾是驻国外的公使，全家说英语。外祖父为陈先生请了英文教师，自幼他的英文就很好。辛亥革命他十一岁，自己把"猪尾巴"奠了，他说"我是少年革命党"。1918年，他考入清华学校留美预备班，插班三年级。1920年，赴美国留学。他在美国六年，读到博士，因成绩突出，荣获美国大学生的最高奖——金钥匙。十五岁到二十六岁的十一年间，他如同在跑道上狂奔，不断超越跑在前面的同学。"竞争十分激烈，我是连滚带爬地读完了书。"美国哈佛大学研究院是世界高等学人聚集求学的学府，他二十二岁考入。"那时，我是个小伙子，班上有五十多岁出过著作的学者，他们不把我当回事，我要和他们比试比试。"整整四年，大舅从不外出游玩，在图书馆中专用的小房间里发愤读书。他攻读的是经济学和哲学，涉及的知识非常广，通读马克思的《资本论》就在那个时期。博士学位答辩在研究院是众人关注的大事，考官是四位大胡子长者，他们分别是经济学、哲学、文学、天文地理学等学界的权威，陈先生在班上最年幼，一次通过。

心中的痛苦与无奈

抗日战争前，在清华大学教书，教授们过着很好的生活，月薪平均四百银圆。但是，抗日战争打响，他们义无反顾地抛弃一切，奔赴长沙、昆明，建立长沙临时大学、西南联合大学。陈先生在清华的家是很讲究的，南下时，连家都没回，是从会议室上的路。到了长沙，身上只有一件白夏布长衫。据说，首先扫荡教授住宅区的是校园外的村民，陈先生的家空了，连同他在欧洲收集的关于预算问题的资料和已写了两三年的手稿，全部化为乌有。在长沙、昆明共八年半，住过戏院的包厢，也曾和朱自清同宿一室，生活拮据到连一支一支买的香烟也抽不起了。他们在炮火下，坚持上课；在国民党反动派的特务暗杀威胁中，坚持上课；在极端贫困中，坚持上课。这一代学贯中西的学者，是踏着《义勇军进行曲》的旋律和节奏赶路的，是"把我们的血肉筑成我们新的长城"的实践者。1945 年抗战胜利，陈先生作为清华大学保管委员会主席，身携巨款，最先回到北平，接收和恢复清华大学。他在东单日本人撤退前大甩卖的集市上，买了几件家具，再就是每个人都有一张的行军床、一条从日军缴获来的粗毛毯，凑成一个新家。

陈先生对学生们爱得很深，对学生们成才的期望很殷切。1976 年，北京大学的工农兵学员受到歧视，被认为基础差、难成才，陈先生说："这样对待他们不公平，他们是'文革'的受害者，我来给他们上课。"他在有限的时间内，增加课时，增加知识量，那个时期，他累得很瘦很瘦。

陈先生心中藏有的痛苦和无奈，是学生的早逝和被扼杀前程。有一天，家里来了一位面带岁月风霜的男士，陈先生外出开会了，来者要了一张纸留言。他这样写道："1957 年我当了'右派'，发配到外地，曾来向老师告别，终于没敢推开虚掩的门，在门外向老师鞠躬。"由此，凡是对被平反归来的学生，陈先生都备薄酒接风。

"挣扎着不服老"

1995 年 10 月，北京大学盛会庆祝陈先生九十五华诞，他说："我只有六岁呢。"他的晚年有个信条："挣扎着不服老"，"和年轻人在一起会感到年轻"。九十岁生日，他是在给二百多人上课的讲坛上度过的。他九十五岁时还为来自台湾的女学生主持了博士论文答辩。平日，他密切关注国家经济发展的状况，不断提出具有前瞻性、对制定经济政策有重要参考价值的建议。

然而，1997 年 7 月的一天，陈先生的身体急剧走向衰弱，再高明的医生已回天乏术。在生命的最后时刻，他想起了那把小小的金钥匙在"文革"中被抄走了，似问非问："现在不知道在什么人的手里？"

在生命的最后时刻，他恍惚中对护士说："这里是清华大学。"这些是他心中的情结。

1997 年 7 月 27 日清晨 6 时 30 分，他从昏迷中醒来，要看钟，我们拿给他，看后他点点头。生命最后一天他保持了仍是 6 时 30 分起床的习惯。

陈先生去世后，到家里来吊唁的人很多，北京图书馆馆长任继愈已八十有余，他流着泪说："我最后的一位老师走了！"

（《作家文摘》2016 年总第 1914 期，摘自《档案春秋》2016 年第 2 期）

父亲刘海粟

·刘蟾口述，龚丹韵采访整理·

父亲有种不怒而威的气场

我生于 1949 年，是家中最小的女儿。从小父亲很忙，时常上海和无锡两地跑。我常常见不到他。父亲很威严。坐在那里不出声，让人害怕。其实他从来没有骂过我们，但就是有一种不怒而威的气场。

父亲从小就主张要自力更生。父亲当年就是靠自力更生，来上海创办美专。1929 年，经蔡元培先生申请经费，父亲可以去法国进行美术考察，他带上了我的大哥刘虎。大哥念书很好，后来没有随父亲回国，长大后在联合国工作，一辈子都靠自己。父亲常常以大哥为荣。有时候，他会把大哥小时候的画拿出来给我们看，说："你看，这是虎儿画的。"

小时候，母亲让我学钢琴，我其实坐不住。但是每当父亲回家，他在客厅画画，无形中就管住了我。他其实知道我坐不住，就对我说："傅雷教育孩子是打傅聪，我不赞成他的教育方法，这要靠自觉。你喜欢你自会好好学，你不喜欢打也没用。"当时我年纪小，听不懂。

父亲被打成"右派"后，中风右半边身子瘫痪。母亲始终没有放弃，与父亲共度艰难困苦。父亲很坚强，病好了以后，不仅可以画，还活到了九十八岁！

"文革"时，我家房子被封，留下一间客厅，父亲、母亲和我们几个人打地铺。但我父母从没唉声叹气。他们很乐观，还互相开玩笑。我们居住的地方，中间有一个天井，可以洗衣服，后面是暗暗的厨房。我们睡的地方特别潮湿，常有蜗牛爬过。父亲睡在最外面。晚上，蜗牛就爬到父亲脸上，父亲还在呼呼大睡，睡得很香，忽然感觉不对，手一拍，脸上怎么黏糊糊的。他讲笑话说，这是美食——法式蜗牛。

家里再有钱堆成山也没有意义

父亲一直跟我回忆在法国的留学生涯。他说，当时的时局不稳，留学的资金有时会发，有时没有。他就去卖画。每天去罗浮宫，一边写文，一边写生。父亲每天早晨学法语，慢慢地就能和邮差对话了。法国邮差告诉他："今天很高兴，儿子来看我，我儿子现在是法国文化部长。"父亲惊讶地问："儿子已经是部长，那你可以不用做邮差了呀？"对方说："我很喜欢自己的工作，我为儿子骄傲，但我喜欢这份工作，不会因为儿子怎样，就不做自己的工作了。"

父亲对我感慨：家里再有钱，堆成山也没有意义。孩子自己没本事，只能坐吃山空。一定要靠自己。

那段日子，他常常和我说起这些。以前我看到他就怕，觉得他离我很远。反而是这段岁月，拉近了我和父亲的距离。

家里孩子没有人学画。父亲的教育理念一贯是，喜欢就学，不喜欢就别学。我们也没人主动提出学画。

"文革"时，我闲着无所事事。有一天，母亲忽然对我说："你反正也是闲着，这么多学生大老远跑来请教你父亲，现在你就在父亲边上，怎么不学点画？"可我还是怕父亲，不肯学，推说怕被父亲骂。母亲说："你怕什么？你要画得比你父亲好？那不可能吧？"我想也是，画坏了也就是一张纸的事。我整天看画册，每当学生偷偷摸摸来请教父亲，我就在边上听。听了许多，对画画并不陌生。

于是我就开始画了。起初拿张小纸画，用钢笔临摹画册。一段时日过去后，有一天父亲终于忍不住说话了："你要画大画，不要老是缩缩缩。缩得格局太小，没气魄。一张画主要看精气神。你是我刘海粟的女儿，怎么画画格局那么小，要有大气魄！"

父亲没有手把手教我什么基本功，他就是关键时点拨几句。他的教育风格就是不干涉你，先看你的路子走得怎样。我怕他，他在的时候越画越小。后来他拿了一张大纸教育我：画和人一样，出来的气质不同，个人风格也不同。但是气质是可以磨炼的，一个人念书，学音乐，气质会变好。他教我用毛笔画松树，先给我说松树的道理，要求我画出松树的气质和精神。

他说："重新来过，字要写大字，画要画大的。胆子放出来，格局要大。"

（《作家文摘》2016 年总第 1919 期，摘自 2015 年 11 月 30 日《解放日报》）

我和稼先两相知

·许鹿希口述，叶娟整理·

父亲："谁有本事能把中国的原子弹搞出来啊"

1958 年 8 月的一天晚上，稼先回到家里，跟我说他的工作有调动。我问他调到什么地方去，他说不能说。我又问他什么时候能回来，他又说不知道。接着我问他，那我能给你写信吗？他回答不能。

此后，稼先经常是一个电话打来，说他马上要出差。去哪里，干什么，什么时候回来，我都不问。我知道问也问不出来。每一次离开都是突然的，每一次回来也是突然的。回来一般是白天，突然就回来了，回来后吃一点东西就去休息；一般都是到了晚上 9 点，小车来接他，把他接到中南海，去向周总理汇报工作。到了半夜 3 点多回到家，他依然是什么也不说。

直到 1964 年 10 月 16 日原子弹爆炸成功，他还是不能跟我们说。但时间长了，我隐约感觉到他与原子弹研制有关，却还是从来不问。我的父亲许德珩跟中国科学院副院长严济慈是好朋友，都是一起去法国勤工俭学的同学。在原子弹成功爆炸后的一天，严伯伯来我家做客，我父亲拿着原子弹爆炸成功的号外跟严伯伯说："谁有本事能把中国的原子弹搞出来啊？"严伯伯说："你去问问你女婿。"两位老人心照不宣地站在客厅，拄着拐杖，哈哈大笑。

一张特殊的照片

稼先去世时患的是直肠癌。照理，当时直肠癌已经不是绝症了，但是因为长期从事核武器研制工作，他骨髓里就有放射线，所以一做化疗，白细胞和血小板马上跌到零，全身大出血，非常痛苦，更难挽救。中国的核试验，我们知道的是四十五次。其实，还有一次空投预试，氢弹从飞机上投下来，降落伞没有打开，直接掉在地上，幸好没有爆炸，但是摔碎了，核弹非得找回来不可。因为没有准确的定点，一百多个防化兵去找都没有找到。稼先就亲自去找，结果核弹被他找到了。当他用双手捧起碎弹片时，受到了放射线侵害。

我保存着一张特殊的照片，那是稼先寻得那颗未爆核弹时拍下的。平时，稼先从来不拍工作照，我想可能是他在找到这颗核弹以后，意识到了这事对自己的身体将有影响，就一反平素的习惯，主动要求和他同去的二机部副部长赵敬璞一起拍了一张照片。稼先怕我担心，从没给我看过这张照片，我第一次看到照片还是在赵敬璞部长家里。

对邓稼先的解密，一直到他去世前一个月才被准许。当时，医院给中央军委递了一个报告，说已没有办法挽救邓稼先的生命，让家属准备后事。中央军委给出一个意见：邓稼先一辈子隐姓埋名，在他去世之前，要对他解密。所以，1986 年 6 月24 日，《人民日报》《解放军报》同时刊登"两弹元勋邓稼先"的相关事迹。

那一天，很多人给我打来电话，第一句就问："许鹿希，邓稼先还活着吗？为什么他做了这么多的事情，现在一下子都在报纸上刊登了？"我看了报纸后，也绝望了。我知道，邓稼先的日子已经不多了。

从 1985 年 7 月 31 日稼先查出癌症住院，到 1986 年 7 月29 日他去世，稼先在医院里一共住了三百六十三天。在这不到一年的日子里，稼先依然心系着他所从事的科研事业。大夫不让他看资料，我帮他把一本本厚厚的资料藏在衣柜里，用衣服盖着。

也有人觉得稼先傻，觉得他不值得。稼先是极聪明的人，他二十六岁就在美国拿到了博士学位，钱三强他们都叫他"娃娃博士"。很多人都说以稼先的聪明才智，想在国外过富足生活，其实很容易。但是稼先偏偏选择了回国，又毫不犹豫地选择了为祖国的强大与祖国的建设牺牲一切。但是，作为稼先的妻子，我是理解他的。我觉得他所做的一切，争了中国人的气，是值得的。

母亲再也听不到他的呼唤

我与稼先第一次相见时，是十八岁。那一年，我刚刚考入北京医科大学，那时稼先在北京大学物理系做助教，他教我们系的普通物理学。在这之前，我们彼此都知道对方，只是没有见过面。我的父亲许德珩与他的父亲邓以蛰是世交。在我小的时候，邓伯伯时常会约我的父母去家里做客。

1953 年，我从北京医科大学毕业，稼先已从国外学成归来两年，我们结了婚。我们二人都是从事科学研究的，我很欣赏稼先对物理科学的专注，他待人随和、厚道，我觉得选他作为爱人，很可靠。

1953 年至 1958 年，是我与稼先在一起最美好的时光。那个时候，稼先在中国科学院近代物理研究所工作，经常会跟钱三强、彭桓武等先生们在一起讨论学术，我能感受到他在那种气氛里的轻松与愉悦。他也偶尔会在学术刊物上发表论文，当时的稿费并不低，所以每次他拿到稿费后，就很开心地跑到玩具店里给孩子们买玩具。可是，这样的时光，从 1958 年开始，一直到 1986 年稼先去世，就再也没有过。

1958 年，稼先接到研制原子弹的任务后，我一个人抚养孩子、照顾四位老人。这期间，最大的心酸倒并不是一个女人撑起一个家的难处，而是要面对外界各种人的非议与亲人的不解，甚至有人都说稼先跟我离婚了。我和稼先之间有一种默契，那就是我既然支持他的工作，这一路下来，稼先和我无论受多少委屈、吃多少苦，哪怕不被人理解，我们都不去计较与抱怨。

稼先的父亲肺癌住院的半年里，他没有时间去医院照顾。而他的母亲病危时，恰巧是原子弹成功爆炸的前几天。我打电话给九院的党委书记，说稼先的母亲已经下病危通知书了，能不能叫他回来看母亲最后一眼。书记跟我说："现在任何事情，稼先都回不去。一旦可以回去了，我们就立即派人送他回去。"书记提前给他准备了一张机票，原子弹一旦爆炸成功就让他回来。

医院里的大夫尽最大的力量维持着稼先母亲的生命，而母亲在最后的几天里已经昏迷。1964 年 10 月 16 日，原子弹成功爆炸后，组织上立刻安排稼先回京。他赶到医院的时候，母亲已经什么话都说不出来了。稼先使劲地喊母亲，可是母亲已听不到他的声音。后来，稼先就使劲地捏母亲的手，这时，母亲的手动了一下，溘然长逝。

（《作家文摘》2016 年总第 1926 期，摘自《军工英才》2015 年第 5 期）

杜重远与侯御之：父亲母亲的风筝情缘

·杜毅、杜颖，刘扬整理·

"我在这里等你"

父亲杜重远 1898 年出生于吉林怀德一个普通的农民家庭，十九岁时考取官费留学日本，进入东京高等工业学校学习陶瓷制造专业。在那里，他结识了母亲侯御之。

母亲 1912 年生于北京一个新派家庭。其父亲是传教士，她从小便在教会学校学习，接受西方教育，因连年跳级，年仅八岁就考取了庚子赔款留学计划，远赴日本。母亲十八岁大学毕业，二十二岁时成为我国第一位留日法学女博士。她能讲七国语言，会唱意大利歌剧，会弹奏钢琴。当时有不少人尊称她为"公主殿下"，为其才貌所倾倒。

1927 年，学成回国的父亲在沈阳创办了我国第一个机器制陶工厂——肇新窑业公司。两年后任奉天省总商会副会长，颇得张学良赏识，被聘为秘书，专门帮助张处理对日外交问题。1931年，九一八事变发生后，蒋介石采取不抵抗政策，父亲愤然离开了东北军，去寻找抗日救国的道路。

也正是在这一年，远在日本的母亲坚决放弃了许多日本高等学府的聘用机会，匆匆赶回北平，任教于燕京大学。命运的安排，让她与父亲再次相逢。

早在日本时，父亲就开始苦苦追求母亲。他的书信塞满了母亲书桌的抽屉。然而风度翩翩、才华横溢的父亲，还是遭到了拒绝。因为父亲曾有过一段封建包办婚姻，还有四个女儿。虽然已离婚，但母亲从小那么出众，她不想背负不好的名声。

后来，母亲甚至连父亲的信也不再收了。北平重逢后，父亲为了打动她，便做了一只风筝，挂在她宿舍的窗户底下。风筝的正面写着"不传消息但传情"，背面写着"我在这里等你"。

正是这只风筝，感动了母亲。父亲当时已三十几岁，能做出这样的事情，说明他是一个很浪漫、很锲而不舍的人。1933年，父母亲在上海举行了盛大的婚礼。父亲买下了位于霞飞路的一处豪宅。这倒并不是父亲母亲在国难之际苛求奢华，而是出于斗争环境的需要。父亲当时已与周恩来、潘汉年取得了联系，正在国民党高层开展统战工作，争取扩大抗日力量。新婚第三夜，他即离家，赶去绥远参加"内蒙古自治委员会"成立大会。在他们婚后的十年中，一直聚少离多。

只要父亲在上海，家中就成了上流社会的交际场。高朋满座，川流不息。堂会、舞会、茶会……这些都是掩护，实际这里是爱国人士秘密接头的地方。

一天深夜，父亲正与潘汉年等人研究工作，一队混有日本人、汉奸的"夜访者"气势汹汹上门盘查。母亲迅速换上一身华贵的日本和服，傲慢地用纯熟的日语说出很多她所知晓的日军高层关系，吓得一班人连连道歉。

力劝张学良抗日

1935 年，父亲创办《新生》周刊，因鼓吹抗日而被捕。在狱中，他给张学良写了《建议书》，劝张"停止'剿共'，保存实力"；又给杨虎城写信，力劝东北、西北两军之间解除误会，走上团结抗日的道路。

是年 12 月，父亲在上海虹桥疗养院看病。身在南京的张学良得悉后乘专机抵沪探视。交谈中，父亲直率地批评了张学良过去的做法，并向他提出西北大联合，共同抗日的建议。张学良立刻表示完全赞同。之后，张几次私下与父亲进行秘密接触。

翌年，父亲赴西安与张学良共商大计。西安事变后，父亲作为张学良思想转变的幕后策划者，被陈立夫押送南京。机场话别时，母亲身心交瘁，摇摇欲倒。

随着国共合作重启，父亲获得释放。但当时形势更为严峻，日寇四处通缉他，密令追杀。父亲不得不改名换姓，与母亲一夜三迁宿地。斯诺、艾黎等国际友人和母亲在美国的亲友，都力劝其去美国，然而他们却不忍离开在苦难中的祖国。

"画楼重上与谁同？"

1939年，在周恩来的支持下，父母亲来到了荒凉的新疆开展抗日工作。在这里，父母亲生下我们三个子女。

1944年，盛世才在新疆屠杀大批共产党员和爱国人士，这其中，就有我们的父亲。父亲惨遭杀害后，被毁尸灭迹。我们曾听母亲辛酸地回忆："那是我终生难忘之夜，塞外的初夏凉气袭人，晚饭时，盛世才的侦缉队突然包围了我们的住宅，黑衣队员冲了进来，翻箱倒柜，'请'走了你们父亲。我站在门外，望着囚车远去……那时，我还不知道，这就是和他的永别。"

父亲被害四个月后，母亲才得知这一噩耗。然而，阴狠的盛世才并未善罢甘休，把母亲和我们关进了当地的结核病院，结果，我们都被传染上了肺病。母亲坚强地说："孩子们，我们不能死！"在那些饥寒交迫的日子里，我们靠从内地带来的、已经发霉的果酱，维持了几个月的生命，直至抗战胜利。母亲带着三个重病的孩子回到了上海，在我们的老房子外面站了很久，泪珠慢慢滚下，说了一句："画楼重上与谁同？"

1981年，母亲查出肺癌。1998年，她在上海去世。母亲从不后悔自己所走过的路，她说，一是因为她嫁给了父亲；二是因为她和父亲都没有愧对祖国……

（《作家文摘》2016年总第1930期，摘自《文史博览》2016年第4期）

父亲丰子恺在桂林

·丰宛音·

终于来到了桂林

1938 年初夏的一个下午，我的父亲丰子恺，领着全家老幼，来到了我们向往已久的桂林。

记得早在童年时代，地理老师就曾把桂林的山水描绘得有声有色，使我们神往不已，回家后常常缠着父亲要他带我们到桂林去玩。父亲生性乐观开朗，喜爱旅游，他曾不止一次对我们说过："我想，将来总有机会到桂林去玩的……"像是在安慰我们，又像是在对自己说。于是，我们就一直等待"机会"的到来。

等了十年之久，"机会"果然来临了。但是，父亲并不是带我们到桂林去游玩，而是带我们去避难的。1937 年初冬，侵略者的炮火使我们背井离乡，到处流浪；从杭州迤逦西行，在兵荒马乱中长途跋涉，好不容易才来到了桂林。当时桂林还比较安全，父亲打算在桂林安家。

父亲的"牛棚书屋"

不久父亲因接受地处西郊的桂林师范之聘，又把家迁到离桂师五华里的一个小村泮塘岭去了。泮塘岭离桂林城七十多里，是个偏僻的小村。

每天吃过夜饭，略事休息，父亲就钻进他的"牛棚书屋"里，开始夜间的工作，说也好笑，这个房间原是房东家的牛棚，我们搬进来后，父亲请人粉刷、打扫干净后，就改造作自己的书屋，称为"牛棚书屋"。

别小看这"牛棚书屋"，又低又简陋，父亲却把它收拾得别有洞天。他常说"室不在高，有书则灵"，特别是对于牛棚的雕花木窗，父亲非常欣赏。说是具有古朴的美。他叫我把木窗上的图案花纹照样临画下来，贴进他的日记簿里。

在"牛棚书屋"里，父亲致力于宣传抗战的文艺创作。他曾按蒋坚思原著编绘《日本侵华简史》，就胡愈之先生之约，绘制抗战宣传画一套。还专门为桂师作了一组宣传漫画，请校方复印后，带领学生上街下乡到处张贴，并指导学生如何作宣传画。这个时期父亲还写了不少逃难诗词。

这些工作都是父亲课余在牛棚里进行的，他白天常常来不及做，夜里就在牛棚里小油盏微弱的灯光下，干到夜深人静。我总爱陪着父亲，在一旁看书，直到他工作完毕。

这段日子里，父亲确实很忙。除上课、写作、会友外，还得经常挤客车去市内桂林医院看望母亲，母亲临产患子痫症，要动手术。当父亲赶到医院签字盖章时，方知道产科主任郑万育是父亲的读者。护士周女士又是父亲在上海执教时的学生，想不到十余年后会在五千里外的桂林相见，这使父亲又高兴，又感慨：真是"萍水相逢，尽是他乡之客"啊！这个难产而生的婴儿是父母的第七个孩子，是我们最小的弟弟。他的名字"新枚"是父亲早在汉口就取好了的。当时父亲曾写了一篇文章《中国就像棵大树》，依据此文，父亲给未出世的孩子取名"新枚"，还经常戏呼他"抗战儿子"。后来母亲带了出世不久的新枚出院，回到泮塘岭时，父亲就把他所喜爱的"牛棚书屋"让出来给新枚住，他说："……让他喝牛奶，住牛棚，将来力大如牛，可以冲散敌阵，收复失地……"

自从把牛棚让给新枚之后，父亲自己就搬到西边的厢房中去住，牛棚已够窄了，而厢房更小，只能容纳一床一桌。然而父亲一边收拾书物，一边笑道："我从牛棚搬到莺莺小姐的西厢，真是一步登天了！"一句话，说得我们都大笑起来。

别了，桂林

桂师背山面水，环境十分幽美，父亲在脱离教师生涯十年以后，由于避寇的缘故，竟会来到桂林师范重执教鞭，这原是始料未及的，用父亲的话来说，这也是一种"缘"。

对于新生的桂林师范，父亲确曾下过一番心血，并寄予厚望的，然而好景不长，到这一年的晚秋，传来了岳阳失守、长沙自焚的消息。桂林又惨遭轰炸，风声日紧，桂师遂有迁校之议。父亲的好友、同事们看到我家人口众多，且有老幼病弱，都为父亲担心，一致劝他早做准备。父亲的一位青年朋友舒群也写信给父亲："一旦桂林有变，先生家属如何处置？望早为之所。凡我所能，当尽力相助。"父亲深深感激朋友们的诚意，于是只得再做逃难准备。

父亲在桂师的最后一课是高师国文课。他特地自编讲义《国文解话》，选诗词趣话数则，有心要给这最后一课添欢乐。父亲说："自从 Dauder（都德）作《最后一课》以来，最后一课便带不祥之气。今吾国正在积极抗战，最后胜利可操左券，故吾之最后一课，必多欢笑，方可解除不祥之气也。"

过了好几天，两江圩、泮塘岭都先后驻兵了，风声一紧，桂师迁校之议已起，我家也不得不走了，要离开桂林这个美丽的山城，不觉依依难舍，更何况在这里还有父亲的许多好友，彼此谈论战局，联系抗宣工作，亲密相处。比如舒群，在父亲的日记中经常提道："舒群是一位挚恳而沉着的青年，十分难得。"父亲常进城去看他，并赠画给他，父亲还曾经说过，他对共产党的初步认识，就是当时从舒群那儿得来的。

1939 年 4 月 6 日，离别的日子终于到了。当我们跨出泮塘岭的屋子时，父亲回头环顾室内，又对牛棚投去深情的一瞥。

看，父亲手写的李叔同的诗句"胜境在望"，还贴在牛棚壁上呢。

最后，父亲的目光落到了院子里那株小铁树上，这株铁树是前几天父亲特地买回来，并亲手种在屋子前小院子里，作为对泮塘岭的临别留念的。父亲曾在日记上写道："他日抗战胜利，吾必来此一访旧居，此树当欣然待吾之来访也。"

别了，桂林，匆匆而来，匆匆而去，竟未能安心游览。不过，父亲早已把桂林美丽奇特的山水收入他的画中了。他常说："我的画里出现悬崖峭壁，是在来桂林后开始的。"父亲的漫画向来以人物为主，有时也画山水作背景，然而都是江南风光，自从入桂以后，一路上看到的都是拔地而起的雄伟的高山，此后，他就把桂林的崇山峻岭移入他的画里。这使他的画风有了显著的、新的突破。

离开桂林后，父亲经常思念桂林山水、风物，慨叹"何日更重游？"然而，父亲始终没有再去桂林，而且永远也不会再去了！

（《作家文摘》2016年总第1945期，摘自《世上如侬有几人：丰子恺逸事》，丰宛音著，中国青年出版社2016年3月出版）

四姊张充和

· 汪珏 ·

她没有时间寂寞

1980 年夏天，慕尼黑大学的鲍吾刚教授到我工作的巴伐利亚州立图书馆中文藏书部，告诉我：美国耶鲁大学东亚语言文学系傅汉思教授将应聘来慕尼黑进行为期一年的讲学，他的夫人张充和女士偕行。

就这样，我有幸认识了汉思和充和。以后时而一同喝茶吃便饭，或去近郊小游，或跟充和到离大学不远的"太平商店"买所谓的"中国食物"。鲍教授曾顾虑：人地生疏恐充和会寂寞住不惯。其实这是过虑了。充和知道我在图书馆工作后，对中文藏书的情形询问得很详细。她说她一定会常来看书。果然，她常常来，静坐在远东图书阅览室一角，阅读那些古籍。

我去拜望他们，汉思多半在书房工作。充和也总是在忙，不是读书写字弄笛，就是修剪窗台上的花草，或缝纫、编织做手工。某次去，她正用蓝色的粗线，把一组清代铜钱，巧妙地穿过方孔，编成一条链子，古朴又新潮。我忍不住赞美，她笑着把链子套在我颈上："给你做的。前天在一家小古董店，看见这些老铜板。他们不识货，随便丢在一个破碗里。还有康熙，乾隆年间的呢。"暗蓝配古铜，真好看！

充和怎会寂寞，她没有时间寂寞。

那天午后，我特意早点儿去接他们，汉思一开门，就听充和叫我名字，然后说"等一等啊，我把残墨写完就好。"我应着，一看，她站在桌前，手握一管大笔，在一张五尺余长、一尺余宽的纸上，正大开大合以草书写李白的"问余何意栖碧山"。我求道："四姊，送给我吧！"她笑说："你要就给你。研好的墨多了，不用可惜，写张草书大字，把余墨用掉。平时不常写大字，这纸可是最便宜的土纸啊！"我喜欢那随兴的"草"，快意挥洒，透着大气。

我与四姊的缘分

说起来，我怎会称呼她"四姊"呢？就是缘分。汉思、充和谦和洒脱，当年在慕尼黑几次欢聚之后就坚持要我直呼他们的名字。可是不管是中国规矩还是德国习俗，都逾越太过。看我犹豫，充和说，她家四姊妹，她最小，弟弟们唤她四姊。既然我认得当时在比利时皇家交响乐团拉小提琴的她的七弟张宁和先生，就跟着叫她四姊吧。从此她就是我的四姊了。

1988年，我们移居西雅图后，不时给她电话，只要一开口叫她四姊，她就知道是我。多年前她黯然跟我说，弟弟们先后过世，叫她四姊的，只有我和舍弟汪班了。

且回到1980年秋天。图书馆邻近的"英国公园"草木森森、溪水潺潺。秋阳里四姊与我常趁午休时间在公园散步、吃"冷餐"。谈笑中居然发现，我们十几年前，1964年吧，曾在汉堡见过一面。

那时我在汉堡大学读现代德国文学，认识了该校教授中国语文的赵荣琅先生。赵先生儒雅博学，赵太太爽朗好客，他们温暖的家是全校中国同学最爱造访的地方。那一次去，进门正好见到一位瘦高的西方男士和一位端庄娴雅的中国女士，与赵氏伉俪殷殷作别。行色匆匆，主人未及介绍。

因而四姊听我说起在汉堡大学读书，问我可认识一位赵荣琅先生。这才顿悟：惊鸿一瞥，当年那位端雅的中国女士，岂不就是眼前的四姊？彼此都觉得不可思议。原来赵先生与四姊皆是安徽世家，且属戚谊。

很难忘记那些漫步树荫小道或坐在水边喂野鸭子、彼此无话不谈的时光。四姊想念她的子女，女儿小时候随她同台演出昆曲，儿子喜欢飞行，现在已经成为职业飞行员了——她相信行行出状元，绝不强迫孩子非要走学术道路。

四姊此生最爱

四姊有一副极负盛名，屡被提及的隶书对联："十分冷淡存知己；一曲微茫度此生。"她曾在信上写了这两句给我看。读过又读，眼泪不住地流下。

1981年2月，图书馆馆长"冷水"（意译，Kaltwasser）博士请我去他办公室，说台北故宫博物院蒋复璁院长来访，希望我参与接待。午后四姊来看书，我提起这事。她高兴地说："这下我的笛子没有白带！"原来，徐志摩的表弟蒋复璁先生，是她的老朋友、抗战期间苦中作乐的曲友。四姊在慕尼黑度曲消闲，却难遇会吹中国笛子、会唱昆曲的知音。

两位老友异地重逢，都意外地高兴。约好晚上在家小酌叙旧。四姊要我也去参加他们的雅聚，我欣然答应。世事难料，晚上我因突发事故不得赴约。四姊说，那晚，她吹笛子的时间多，唱得少。感叹老院长笛艺荒疏，唱得高兴，可是年纪大了，当年一副好嗓子……

四姊的小友兼曲友李林德博士曾寄给我一份四姊的《如何演〈牡丹亭〉之游园》，就凭着细读四姊这篇文章，2006年我看白先勇率昆曲团来美国演出《牡丹亭》，居然可以心领神会。从此才憬悟为什么书法与缠绵婉转一咏三叹的昆曲是四姊此生最爱。

最后一次看到汉思

　　四姊、汉思返美后，我们持续通信，间或匆匆一晤。1987年，立凌受聘西雅图华盛顿大学，次年我们移居西部。从此隔一段时间飞一趟东岸，在四姊、汉思幽静的家里盘桓小住。

　　有时，我和四姊捧着茶，漫谈着什么新的话题。如果汉思和立凌也在，则正襟陪坐，彼此竭尽主客之礼，却绝少加入我们的谈话。所以四姊经常笑着请他们自便，汉思遂邀立凌去他们客厅旁边加建的休闲室，轻声以德语交谈。然后过不了多久，就会传来钢琴的乐声。

　　汉思幼年在故乡柏林读书学琴，喜欢语文、音乐。这架大钢琴，乃德国名琴贝希斯坦，是 20 世纪 30 年代举家移民美国、漂洋过海运来的家藏旧物。汉思的祖父、父亲和他自己都是研究西方古语文的专家、大学教授。温文尔雅，深思好学，是对汉思最妥帖的描写。

　　2000 年秋冬之际，我们临时起意开车去看他们。四姊正在大书桌前研墨，忙着帮朋友们赶写书题之类的墨稿，嘱我们先上楼跟汉思说话。我说怕吵他做事。四姊回道："平时他话说得太少，要跟人谈谈才好，活动活动脑子。"汉思看见我们有点儿意外，随即起身，含笑请我们坐下。他案前放着歌德的《浮士德 II 》原文本。

　　据说此剧难懂、难演，正想向汉思请教，忽听他缓缓说道：

"这时期的歌德，觉得中国的哲学，人与自然的关系，人与人的关系有意思。"略一停顿，又说，"歌德年轻的时候自己学写中国字，后来还跟从中国回来的传教士学过。最近读到些新材料，想写一篇关于歌德学中文的文章……"饭后四姊悄悄跟我说："好久没看到汉思谈得这么高兴了。"

汉思 2003 年过世。最后两三年汉思时常卧病，四姊实在没法在家照顾，于是送他住进不算太远的赡养院。她每天开车去看他陪他，先后出了两次车祸，幸而都有惊无险。

那次我们飞去东部，接了四姊一同去看汉思。汉思虽然消瘦孱弱，精神还好，彬彬有礼依旧。他跟我们轻声抬手招呼，眼睛无限温柔地随着四姊来回的身影转动。那是我们最后一次看到汉思。

她去找她所想所爱的人了

以后近十年，我只去拜望过四姊三次。平时就是过一阵打个电话，跟她话话家常。她说，自从小吴去她家关照她，他事事体贴周到。连他的妻子小孩对四姊也犹如亲人。而且他在四姊的坚持下，竟学会了吹笛。"还可以为我拍曲伴奏呢！"她在电话里笑着说。

2009 年的秋天，忽听小吴电话里告诉我，近来四姊有点郁郁寡欢，胃口也不好。我跟倪宓（西雅图亚洲艺术博物馆馆长）放心不下，就抽空飞纽约一探究竟。四姊是瘦了，看见我们站在门口，很意外，随即挂上笑容。晚上我炒了两个菜，吃饭时，逼着四姊，也吃得还好。约了她第二天"游车河"，她立刻应了。我们在路边市场买水果，到小镇吃标准的美国午饭：三明治、沙拉和汤。我俩劝着哄着四姊多吃些。四姊喝着汤，神色怡然。我们知道，这一阵老太太一定寂寞了。

回到西雅图家里，赶紧请东岸的朋友多多去拜访。以后，小吴的报告逐渐正面。四姊每天写字也恢复了。

去年，我接连打过几次电话。有些时候了，我发现，四姊跟我说话，其实并不知道我是谁。我的名字她已记得了。没有去看她，心里难过。远地家人噩讯不断，疲于奔命。安娜（纽约昆曲社社长）后来告诉我，去年 5 月 6 日，昆曲社的几位好友去探望四姊，为她祝寿。她躺在床上，安娜扶她坐起，她轻声跟安娜说："如果我想的人，我都能看见，那样多好啊！"

是的，她去找她所想所爱的人了！

（《作家文摘》2016 年总第 1947 期，摘自 2016 年 6 月 17 日《今晚报》）

父亲朱生豪：译莎才子

·朱尚刚口述，毛予菲采访整理·

嘉兴海宁南湖边的朱家宅子是栋两层小楼，如今，一层大堂用作朱生豪图片展示，二层是几间旧屋子。朱尚刚说，八十多年前，父亲朱生豪在最后岁月蛰居的寓所也是如此，一桌一椅一床，再加上油灯一盏、旧铜笔一支、莎翁全集一套、中英词典两本，就是他的全部家当了。经历了漫长的孤寂、坎坷的生活、动乱的战火，然而，再惶恐的日子，只要能翻译，他就永远抱着一丝希望。

生性寡言，笔下生花

1999 年，我为父母所写的传记《诗侣莎魂》印发。实际上，书中上百万字几乎全部出自史实资料和他人之口。

父亲病逝时我才一岁零一个月大，我只知道父亲是搞翻译的。小时候，母亲常搬两把凳子，坐在弄堂口给我讲《哈姆雷特》，我知道了莎士比亚，而父亲就是把他介绍给中国人的翻译者。第一次对父亲有大致了解，是我在阁楼翻到1947年世界书局出版的《莎士比亚戏剧全集》。前言《译者介绍》是母亲写的，在她温柔的笔触下，父亲是个隐忍又孤寂的人。

后来"文革"来了，大家闭口不谈文学，我也不问父亲的事。1977年，文化回暖，开始有记者来采访，广播里声情并茂地朗诵父亲的生平事迹，整个嘉兴都知道，父亲是个大翻译家。大学同学劝我写一本父亲的传记，我便着手收集资料。

零零碎碎的评价多半来自父亲的同窗旧友。1998年夏天，我去北京，见到父母在之江大学的老友黄源汉，她印象中的父亲害羞少言。唯独有一次，父亲主动叫住了她。事情是这样的：父亲母亲在一次社团活动中相识，聚会后不久，一天上完课，父亲想让黄源汉转交给母亲一个蓝色封皮的小笔记本，才主动找她说了话。

不过，父亲却有一支生花的妙笔。除了与纸笔为伴，诗社是唯一能让父亲活跃起来的地方。母亲回忆，父亲读诗有自己的态度，最爱的是莎士比亚十四行诗，从头到尾读了好几遍，深为其中人物命运感慨。

在之江大学读书时期，父亲写了大量诗文。这些古体诗，为父亲后来的翻译风格奠定了基础。比如，父亲翻译的莎剧中，流传最广的译词就有《哈姆雷特》中复仇王子的内心思虑："生存还是毁灭，这是个值得深思的问题。"《罗密欧与朱丽叶》中的表白读来让人缠绵悱恻："今夜没有你的时光，我只有一千次的心伤。"后世读者最推崇的《罗密欧与朱丽叶》的最后一句话，直译是"世界上的恋情没有比得上罗密欧与朱丽叶的"，父亲翻译的是："古往今来多少离合悲欢，谁曾见这样的哀怨辛酸！"后来，翻译家许渊冲对此大加赞赏："多有才啊，好得不得了！"

"早知一病不起，拼着命也要译完"

父亲的翻译事业是从一部《暴风雨》开始的。那时他刚从之江大学毕业，因才学出众，被推荐去世界书局从事英文翻译。英文部负责人詹文浒先生建议父亲翻译《莎士比亚戏剧全集》。准备了一年后，他决定以最喜欢的《暴风雨》开篇。

为何父亲如此钟情这部剧作？他专门写了篇《译者题记》："(《暴风雨》) 其中有的是对于人间的观照。"初入职场的父亲发现，"有的人浅薄得可以，却能靠着玩弄权术踩着别人飞黄腾达，而那些老老实实勤奋工作的人却总是吃亏"。他深感厌恶却无可奈何，便把希望寄托在缥缈的想象中，"我真想在海滨筑一间小屋，永远住在里面"。《暴风雨》中普洛斯彼罗领着女儿米兰达生活的那个远离邪恶的海岛正是如此。

父亲在开始翻译前，斟酌再三，最终没有采用莎剧原文的诗歌体，而决定译成散文。后来，研究翻译理论的罗新璋称其文体为"散文诗体"。《李尔王》中有这样一段：Fathers that wear rags, Do make their children blind。梁实秋翻译：父亲穿着破衣裳，可使儿女瞎着眼；朱译：老父衣百结，儿女不相识。父亲讲求音律，更传意趣。

"中国学派"有一套传统的翻译理论。严复提出"信雅达"，傅雷重"神似"，父亲的翻译原则是，保持原作之神韵。罗新璋后来评价说："神韵之说最令人瞩目的范例，就是以全部生命，倾毕生精力翻译莎士比亚的朱生豪。"

这种"神韵"在一些双关语中最难处理。父亲译《威尼斯商人》时就碰到了这样的情况：小丑兰斯洛特奉他主人之命请夏洛克吃饭，说：My young master doth expect your reproach。兰斯洛特说话常用错字，把 approach（前往）说成 reproach（谴责）。梁实秋这样译：我的年轻的主人正盼着你去呢——我也怕迟到使他久候呢。父亲的译法是：我家少爷正盼着你赏光哪——我也在盼他"赏"我个耳"光"呢。他对这个以"双关"译"双关"的微妙处理很满意，还得意地向母亲作了报告。"比起梁实秋来，我的译文是要漂亮得多的。"

那些年，日本帝国主义势力步步深入。而翻译对父亲来说，已不仅仅是让自己愉悦的灵药，更是一腔让中国文化和世界接轨的家国抱负。正在中央大学读书的老友文振叔，听说日本人因为中国没有完整的莎剧译本而讥笑中国文化落后，给父亲写信大力支持他。父亲也憋着口气。1937 年抗战全面爆发后，最先完成的七八本译稿在炮火中流失，他咬着牙从头开始译。翻译成了他在颠沛流离中依然奋发的最大动力。

因时势所迫，父母从上海回到嘉兴，搬进了南湖边的那栋二层小楼。1943 年冬天，我出生于此；也是在这里，父亲患上了肺结核。母亲记得，有几次父亲躺在床上口中念念有词，背诵着莎剧原文段落，十分投入。父亲将总共三十七部莎剧分成喜、悲、史、杂，直至去世，共译三十一部，留下五部半没来得及动笔。他最大的遗憾是，"早知一病不起，拼着命也要译完"。

"他译莎，我烧饭"

如今，和译稿相比，父亲的情书似乎更火。因为战乱，父母不得已分离十载，父亲写了三百多封信。后来在"文革"中，部分信件不幸遗失，剩下的母亲就更视为珍宝了。他们在信中议论诗文，交流读书心得。而那些谈情说爱的文字，颠覆了父亲在朋友同学眼中一贯内向寡言的形象。

在给心爱人的情书中，父亲变得活泼、丰富、青春又幽默。他写道："醒来觉得甚是爱你。"还有"不要愁老之将至，你老了一定很可爱"，"我愿意舍弃一切，以想念你终此一生"。

但我总觉得，说是情书，其实这些信里并没有那种惯常的温柔缱绻。父亲自己也戏谑："情书我本来不懂，后来知道凡是男人写给女人或女人写给男人的信，统称情书，这条是《辞源》上应当补入的。"父亲对自己始终认识得很清醒，"我们都是想浪漫想飞的人，但在现实面前却飞不起来"。

1942 年，父母在苦恋十年后匆匆完婚。之江大学老师、一代词宗夏承焘题下八个字：才子佳人，柴米夫妻。多年后，有人准备写一本《宋清如传奇》，母亲听了说："写什么？值得吗？"说完又加上一句，"他译莎，我烧饭。"

好不容易终成眷属，却在不过两年的光景里又阴阳相隔。很长一段时间，在我面前，母亲对父亲几乎只字不提。她后半生都在赶着做这几件事：出版丈夫生前的译稿；教书育人；抚养我长大。

"世人知有宋清如，皆是因为朱生豪。"但母亲其实是完全独立的。她是那个时代新女性的典型代表，是"不要嫁妆要读书"的校花，甚至被施蛰存先生评价为"清如先生都比生豪先生要略胜一筹"。

1997年6月母亲离世。我在一个纸箱子里发现她写给父亲的《招魂》，一纸我从未见到的《生豪周年祭文》草稿。在那娟秀的小字中，母亲终于道出了思念："谁说时间的老人，会医治沉重的创伤？我不信这深刻的印象，会有一天在我记忆里淡忘。"

"更希望他（朱生豪）永生于读者的记忆里，如同永生于我的记忆里一样……"

（《作家文摘》2016年总第1955期，摘自《环球人物》2016年第19期）

第三章　落月山河空念远

父亲汪曾祺与母亲施松卿：高邮湖上老鸳鸯

·汪明·

爸和妈在高邮湖上照过一张照片。微风吹拂着他们的白发，两人都笑眯眯的。爸在讲，妈在听。都说这张照片拍得好，人戏称"高邮湖上老鸳鸯"，爸和妈对这个称呼是赞许的。

这对"老鸳鸯"在风风雨雨中携手走过了近半个世纪。他们并不相互表白自己的忠诚，也不把彼此的感情作为宣扬的资本。爸搞创作，浪漫的色彩多一些；妈搞新闻，比较实际。他们这一辈子，真是"浪漫主义与现实主义融合"的产物。

他们相识于昆明。"昆明"和"西南联大"几十年来都是最让他们兴奋的话题。妈说："我们外文系的女生谁会看得上学中文的男生？尽是些穿长衫布鞋的乡下人！倒是听说过有个才子叫作汪曾祺。"爸说："都说外文系有个林黛玉式的美人，远远地看过。长得真是清秀，可是病歪歪的！"曾听妈的一个同学说，"松卿那时身体虚弱到常常扶着墙喘息，没想到居然一直活下来，还生了一大窝孩子！"（妈不悦地说：就三个！）

妈生长在南洋一个华侨医生的家庭，家境优裕。自幼因学业超群而备受宠爱，在香港获得过全港中学国文比赛第一名；在女校读书时还演过《雷雨》中的周萍，据说扮相俊美。妈是兄弟姐妹中的大姐，颇具"当家做主"的天性，又比爸大着两岁，所以很自然地"管"着他。她常说，爸因为从小就没了亲娘，"生活习惯特坏"。在爸的早期小说《牙疼》里，有一个不断催促甚至央求他去看牙医的 S，而牙疼的人却总是脱逃，且暗自得意。早年的《落魄》中，也有这个 S，那就是施松卿。不过管归管，爸这个散漫惯了的人依然散漫，在物质上仍无奢求。抗日战争胜利后，爸去上海找工作，妈则回福建调养身体。在散文《"膝行的人"引》中，可以读出当时爸对妈的思念。

后来北京大学西语系给妈寄了聘书，请她担任英语助教。妈到北大后，爸也从上海到了北京，在位于故宫午门的"历史博物馆"做了抄卡片的小职员。

1958 年，爸被"补"成"右派"。批判之后，降了三级工资，"发配"到张家口沙岭子劳动改造。那时哥哥还没有上学，我五岁，妹妹才三岁。在沙岭子的几年里，日子过得苦一些，但是有了和劳动人民实实在在接触的机会。最使爸欣慰的是，在那里并未太受到歧视。当地的农业工人说：老汪人性不赖！爸说："我当了一回右派，真是三生有幸。要不然我这一辈子就更加平淡了。"这段生活，使他写出了自己的第二个小说集《羊舍的夜晚》，也在后来的许多作品中留下了亮丽的颜色。

爸离休，妈退休。两人退下来后，爸有了更多的时间思考和写作，妈妈则不断揽回许多新闻和其他学术方面的文章翻成英文——这是她的本行。爸老说她："我真不明白，你干这些有什么乐趣？还不是给别人作嫁衣！""你自己有那么丰富的故事，为什么不踏踏实实地写些东西留下来呢？"（妈平时喜欢给我们讲她小时候的极有意思的事，爸很羡慕妈的丰富经历；40年代时妈曾在《大公报》的文艺副刊发表过文笔清丽的作品。）妈直截了当地说："我得这么干。我得多挣点钱，我要让家里的日子过得好一点，我要补贴孩子们的生活！"爸不断地替妈惋惜，而妈却始终没有把她多彩的经历变成优美的文字。

都说爸的文章清新、洒脱，他真是常常处在云里雾里。他不善于也不屑于料理俗务。妈是爸真正的秘书，寄书、寄信、寄稿子，取稿费、整理文稿都是妈的事。七十多岁的人，整天在家里忙，在外面跑，乐此不疲。

爸的客人很多，送往迎来都是妈的事。爸和客人海阔天空地聊，妈总是笑眯眯地端上热茶，嘘寒问暖的；赶到饭口上，还要张罗弄饭。客人们说，爸和妈是他们见到的最好的一对夫妻，那么知心、那么默契、那么平和。他们不知道，爸和妈天天都有争吵，而且谁也不让着谁。很少为生活琐事，多是为了自己一定要坚持的一个什么观点。尤其是有评论文章把爸高高地捧起时，妈一定会非常及时地、毫不含糊地朝他大泼冷水。他们很习惯这种争论，我们兄妹也觉得这十分自然。

1995年底，妈一下子摔倒了，因为心脑血管病。妈住院了，没有人管着爸抽烟，限制他喝酒，没有人和他拌嘴，也没有人大呼小叫着"老头儿——"，趿拉着拖鞋在他身边走来走去地

"影响"他写东西。家里真的清静了。假期我带了女儿回家小住，爸神色黯然地说："老头儿寂寞。"

妈出院后，身体很弱，一直卧在床上，心脏也经不得喜怒哀乐的刺激了。爸在书房写作，只要妈一叫"曾祺——"，就马上放下笔，颠颠地过去看。爸尽量和妈聊些轻松的、让她愉快的话题，连声音都是轻柔的。有一次妈忽然说："曾祺，我爱你。"爸竟一脸惊异，大概在过去的几十年里极少甚至没有听到过妈说这句话。

1997年5月16日，爸因肝硬变大出血而匆匆地离去。商量了许久，我们决定不把这个噩耗告诉妈。我们轮番编出谎话骗妈，强作笑颜地说爸怎样怎样了。每次门一响，有人进屋，妈无神的双眼马上就会炯炯起来，用足了气力说："爸回来了！"

（《作家文摘》2016年总第1969期，摘自《老头儿汪曾祺：我们眼中的父亲》，汪朗、汪明、汪朝著，中国青年出版社2016年8月出版）

我和戴爱莲的母女之情

·叶明明·

我的三个母亲，除了生母以外都是名女人：一个是与父亲有过三十年不幸婚姻的名伶王人美；一个是和父亲有过十年幸福生活的著名舞蹈家戴爱莲。

戴妈妈走的那个点儿，我正在街上为她买身后要穿戴的衣物，没能见她最后一面，现在我想起这些就会流泪。很多人说，明明，戴爱莲只抚养了你四年，而你却照顾了她一生，你真是心甘情愿的吗？我想一定是的。在那短暂的四年间，戴妈妈的点点滴滴给了我胜似亲母的关爱，这是我一辈子该铭记的。

我十岁那年，对于父亲领回来的这个女子，我曾不自觉地充满了敌意。因为语言不通，我们还无法交流。戴妈妈对此并不懊恼，她总是不厌其烦地做她认为该做的事情。我夏天特别怕热，每天临睡前戴妈妈就给我扇扇子，直到我睡着。我那时也不跟她讲话，她要扇扇子，我也不反对。

后来我才知道，戴妈妈和父亲婚后不久查出有卵巢炎症，于是去香港做了个小小的妇科手术。孰料手术中出现意外，在来不及征求戴妈妈意见的情况下，医生把她的卵巢切除了。这场手术导致了戴妈妈永久不能生育。

我知道戴妈妈的秘密后，对她的态度稍微有些转变。当年，我的身体状况不太好，总是生病，戴妈妈就经常带我上医院检查身体。医生说我营养不良，她就买好多好吃的营养品给我。平时，他们参加一些朋友聚会，怕我在家孤独，也总把我带在身边。

1948 年我们全家到了北京以后，才真正有了自己的小家。戴妈妈这时开始动脑子教育我了，她教我英文、舞蹈。但我喜欢和同龄的孩子一起学习跳舞，而戴妈妈则是一对一地教我，我觉得比较枯燥，所以学了一段就停了，戴妈妈也不勉强我。后来，我去史家胡同小学念书，因为家离学校较远，戴妈妈就骑自行车接送我上下学。戴妈妈个子矮小，而我已十三岁了，体重也不轻，可戴妈妈总是风里雨里地接送我，从不叫累。后来，戴妈妈没有时间接送我了，她就给我买了辆自行车，在没人的地方教我骑车。我能感觉出来，戴妈妈为了和我拉近母女间的距离，费了不少心思。

"文革"之后，戴妈妈的待遇还没恢复之前，我把她接到了我那不足四十平方米的房子里，和我们一家四口一起生活了半年。随后的二十多年间，虽然戴妈妈的政治地位和工作待遇都得到了解决，可老人心里一直是孤独和苦闷的。戴妈妈经常一个人守着一百多平方米的大房子，无人交流。

　　我看出了老人的伤心，于是跟她约好每周三下午都会去陪陪她，这个约定我们坚持了三十年。而我也知道，她是想和父亲说说话的，那时天天和王人美吵架的父亲又何尝不想呢！有几次，实在是想让两位老人开心一下，我便创造了戴妈妈和父亲见面的机会。因为这种机会实在不多，戴妈妈非常珍惜。每次都会和父亲说很多话，临走时把我们送下楼后，两人还依依不舍。其实，只有他们才真正了解彼此内心最真实的情感。

　　1987 年，王人美去世。我了解父亲的心思，老人想和戴妈妈重结连理，我也有心撮合他们。有好几次我去戴妈妈家探望时跟她说："你看，你和爸爸一个住花园村，一个住东单，我要照顾你们还得两头跑。为了我省事，干脆你们搬到一块儿住算了。"戴妈妈听了总是笑笑，也不言语。

　　我以为她大概是同意了，就买好了几个柜子放在她家里，准备他们复合之用。可没过多久，她从国外回来找我谈了次话，很郑重地说："我不能和你父亲复婚，因为我心里始终忘不了我初恋的爱人。"原来，戴妈妈那次去英国和初恋情人威利生活了一段时间。当时威利的夫人已病故，而威利也因此受到打击一病不起。在其子女的要求下，戴妈妈陪着最初的爱人走完了他人生的最后一程。戴妈妈对这段浪漫的晚景生活无法忘怀，所以不能再接受任何感情，哪怕是和父亲再续前缘。

（《作家文摘》2016 年总第 1981 期，摘自《乐山纪念册：1939—1946》，陈小滢、高艳华编著，商务印书馆 2012 年 11 月出版）

四十岁遇到父亲柏杨

·崔渝生·

柏杨是我父亲，我是他第二个女儿。但在我生命的前四十年，完全不知道自己还有一个生父。从记事的时候起，我只知道自己跟着母亲姓崔。

不惑之年生父出现

1984年，我已进入中年，是两个孩子的母亲。一天傍晚有人敲门，开门一看，是母亲家乡的一位姨姥姥。她进门第一句话是："大毛，你爸来信啦！"

这是从河南息县寄来的一封写给姨姥姥的信，姨姥姥即刻确认信中找的人就是我，于是她连夜赶到我家，告诉我这个消息。

后来才知道，1984 年 9 月父亲受邀到美国参加爱荷华大学"国际写作会议'。就是这次美国之行，父亲发表了一生中最著名的演讲——《丑陋的中国人》。也是这次美国之行，父亲于 9月 30 日发出了第一封寻找我们母女的家信。当时海峡两岸还不能直接通信，几经周折，最后才把信转到我手上。

我打开这封信时，心在剧烈地跳动，手在颤抖。父亲信里说："一别三十年，无时不在想念你们母女，不知此信可否收到？如果接到，请来信美国。"署名郭立邦。这个名字我以前听说过，但不知道他是谁。那天的那一瞬间，我对这个名字不再陌生，他就是我的父亲。

初次相见难舍难分

1986 年 7 月，我和父亲在香港第一次见面。

拿着父亲寄来的照片，我一路上在想：他咋能认得我呢？我咋能认得他呢？没有想到，在香港下了火车走出车厢，我没有往别的地方走，径直走到一位身材魁梧的先生跟前，我们俩几乎是同时开口——父亲说："你是毛毛吧！"我喊了一声："爸！"父亲一把把我搂到怀里，没有一点犹豫。

在父亲身边还有两位漂亮女士，一位是张阿姨，我见过照片。父亲拉着我和另一位女士的手说："这是你的姐姐冬冬，从辉县老家来。原谅我以前没有告诉你。"并嘱咐我们要相亲相爱。

幸福来得太快，犹如梦幻。我一时竟不知说什么好，只是一个劲儿地抹泪。

在香港的四天里，父亲安排我们住最好的，吃最好的，还买了很多东西，恨不得将几十年欠下的亲情一次补上。

白天走在香港繁华的大街上，父亲一手牵一个领我们过马路。

晚上回到酒店，父亲躺在床上，我们围坐在他身边欣赏刚冲洗出来的照片，几乎每张照片都是父亲在我们姐妹中间，我们姐妹俩的肩头上都有父亲温暖的大手。

那段时间父亲已经在翻译《资治通鉴》。他白天陪我们，不管多累，到了晚上还要伏案工作。父亲说，这套书一个月要出版一册，必须赶出来，不可以误期。

我和父亲相聚仅仅四天，离港那天父亲和张阿姨一起送我们到红钻车站。聚时难，别亦难，我们一步一回头地走向车厢，看着背过身去抹眼泪的父亲。

火车开动了，还没坐稳，父亲又从天而降，突然出现在我们面前。父亲坐在我和姐姐中间，一手拉一个，讲述我们不知道的故事：他离开老家时姐姐还没出生，连抱都没抱过；说他有时晚上会哄我睡觉；当年送我和母亲回息县时，坐的是闷罐车，没有座位，只能坐在地上，他和母亲轮流抱着我；他离开我和母亲时，我只会拍着凳子说："爸爸，坐。"

后来才知道，在红钻车站分开后，父亲似乎又看到了四十年前的离别情景，他担心这次又是永诀，伏在栏杆上失声痛哭。张阿姨见此景提醒他说，火车还没开，赶快上去，还可以送她们一程。父亲和张阿姨跳上列车，再次来到我们身边。

父亲重回故里

1988 年 10 月 20 日，父亲阔别内地四十多年后，再次踏上了故乡的土地。他先是到上海、北京，然后到河南，11 月 7 日和姐姐一行来到西安。由于父亲在来西安的路上就感冒了，体力不支，于是改变行程，11 月 20 日离开西安回台湾。

父亲到西安的第二天，在他下榻的宾馆里把我叫到跟前，从西装上衣内口袋里拿出一个皮夹子，又小心翼翼地从皮夹子里拿出一张平平整整的一寸黑白照片，递给我说："这是你和妈妈的照片，留下做个纪念吧。"这是我在重庆照的百天照，母亲抱着我。

父亲风风雨雨几十年，曾两次坐牢，几次家庭变故，这么小一张照片却完好无损地保存到现在。即刻起，我才相信，父亲没有忘记我们。正如父亲所说："做父母的可以暂时忘记儿女，但不能永远忘记；不能每时每刻地思念儿女，但会终生不断思念。"遗憾的是母亲与父亲此生无缘再重逢。

我家四口人住三十多平方米的房子，是组织照顾分配给我们的。父亲来到我们的卧室，掀开褥子看看，又用手摁摁，没说什么；他打开冰箱，看看我，还是什么也没说，直到离开。我不知道父亲为什么不说话，还以为是我哪里做得不好。西安市政协副主席杨春祥先生后来告诉我，父亲看到我的生活状况很难过，想不到会是那样。

赴台相聚享受父爱

2005 年 3 月我赴台，父亲经常腿疼，我想，一定是腿部血液不流通造成的，就下山买了个大盆，每天帮他泡脚、洗脚。父亲还风趣地说："女儿千里来给爸洗脚，舒服！"

2006 年底，我第五次赴台，一是照顾住院的父亲；二是帮助张阿姨整理父亲赠送大陆的手稿。父亲出院后，总感觉浑身疼痛不舒服，我就给他揉脚，用热毛巾给他擦背，他说这样就舒服多了。他走路已不方便，要坐轮椅。

我虽然几次赴台探亲，每次只有一个月，但在父亲身边的日子是幸福、温暖的。有一回，我睡在客厅，半夜里，迷迷糊糊感觉身边有人，睁眼一看，是父亲拎着毯子正要给我盖，他担心我睡在那里会冷。身体不舒服了，他会拿药、倒水，并一再叮嘱我说："哪里不舒服要讲，我们去看医生，不要怕花钱。"我说："我已是当祖母的人了，不用您操心。"父亲说："你一百岁了也还是我的女儿。"

晚饭后，我们有时会在走廊里散步。此时，他最愿意让邻居看到，因为一句"柏老，女儿陪您散步呢"能让他自豪半天。

（《作家文摘》2016 年总第 1989 期，摘自《传记文学》2016 年第 6 期）

忆生母叶露茜

·赵青·

第一次与生母住一起

我改行画油画不久，于 2009 年清明节完成了一幅大油画，取名《永远抹不去的记忆》，并多次在我的画展展出。介绍此画时我写道："每逢'清明'，必会思念离去的亲人。是日本法西斯侵华战争，害得我亲生父母离异，家破人亡。"

1937 年"七七事变"，我的亲生父母在国难当头时，毅然参加"上海影剧界抗敌救亡演剧三队"，把襁褓中不满十一个月的我交给了外婆抚养，远离上海，投奔到大后方进行抗日救亡宣传的战斗中。其间他们被盘踞新疆的国民党反动军阀盛世才打着的"联俄、亲共"的旗号所蒙骗，去了新疆。谁知此人是反革命两面派，竟以莫须有罪名以抓"共产党托派"名义，将我父亲（赵丹）等五位文化名人抓入冤狱。不久，误传我父亲等人全部被枪毙，我的生母带着在重庆生下比我小两岁的弟弟和其他几位叔叔的夫人，在绝望和无助中，先后都改嫁了。直到抗战胜利，在周恩来总理多方设法相救下，坐了整整五年冤狱的父亲和其他三位叔叔（一位死在狱中）才逃离苦海回到重庆。

1962 年，我因演出、练功，过度劳累，右膝疼痛。为此周恩来总理特批我回上海找名医治疗。可上海外婆家又带着我姨和舅的五个孩子；我爸家，后妈也连生三个孩子，加上周璇阿姨的两个儿子，根本塞不下一张床。只有我生母叶露茜家，她虽与桂伯伯（杜宣）有七个孩子，但他们住上海常熟路荣康别墅弄堂里的一幢三层楼房。生母与桂伯伯将他书房隔壁的房间腾出让我住。这是我此生第一次与生母住一起。

一天，我爸安慰我："阿囡，你多好，来上海养病，有两个家，两个家都疼你……"父亲的话正触到我痛处，我大哭大闹："什么呀！爹爹，这两个家都不是我的，我从来就没有过自己的家，我的家在哪儿？我是要一个属于我自己完整的家……"爹爹也哽咽不成声。我哭闹够了，内心也平静了，轻轻地道歉说："爹爹，今后我再也不提这事了。"但这隐痛一直深深埋在我心底。此生只要提到生母、母亲，我的心就像禁锢住的双手在琴键上重重按下和弦一样，一锤一锤地砸在我心上，好疼！好疼！

享受迟到的母爱

虽然此生我与生母相处的时间很少，但我的母亲已尽了她全力将最大限度的母爱，全部奉献给了我。

1962 年，正值三年困难时期，每人口粮都凭票限购。亲妈和桂伯伯加上他们的七个孩子，最大不超过十五岁，最小才四五岁，正在发育成长急需营养期，要维持这样的大家庭已极不容易，现又加上我和丈夫两人，给这大家庭带来很大的困难和压力。

可亲妈和桂伯伯克服极大困难，带着全家满腔热情地欢迎我；尤其我亲妈，格外高兴。她每日除了上班，料理全家衣食住行外，还要额外给我熬药泡脚，定期带我到广慈医院找名医开方复查，抽空还要跑上海市委、市政府为我特批营养，每月两三斤的鱼、鸡蛋及特批牛蹄筋。亲妈亲自下厨将营养品做成美味，每天放餐桌上只供我一人吃。一旁弟妹们看着都没一人吱声。不仅如此，我亲妈和外婆两人每天还要轮流跑中山医院去照顾我那患血液病住院的丈夫刘德康。那阶段，我的亲妈好像在弥补对我的亏欠，越发将她全部的爱和心血浇灌在我们的身上。

连桂伯伯也不示弱，常到书房关心我读书情况，向我介绍古今中外的经典名著，还鼓励我："读书是很苦的，成天能这么坐得住读书，必须有毅力才行。"感谢桂伯伯，这段苦读，果然为我后来的艺术创作打下了结实的文学基础。

帮我创作舞剧《梁祝》

在亲妈精心照料下，我的腿渐渐地不痛了。那时动人的《梁祝》小提琴协奏曲刚诞生。我想要根据这音乐编创出一部小舞剧。我将此愿望告知我妈，我妈即刻以实际行动支持我。她弄来了一台笨重的"钟声"牌旧式录音机和大盘录音带，又帮我联系好了借用隔壁弄堂内"上海歌剧院"当时全空的大练功厅，供我创作编舞。我的大舅、中国著名作曲家叶纯之听此讯后，也热心地把我介绍给他的学生、《梁祝》作曲之一陈钢。

我父亲也在筹拍《鲁迅传》的空闲时间，帮我编排舞剧的场景和剧情，还探讨如何用舞蹈来刻画好梁山伯和祝英台这两个人物形象。父亲还启发我，在舞美设计上要大胆采用现代派写意手法，提出要虚不要实、以少胜多的具体方案。回家我将父亲对舞美设想告知亲妈，亲妈赞同我父亲的设想。没两天，亲妈给我拿来了她所在单位上海戏剧学院舞美系毕业班同学按照我爸的构思，画的三张不同色光的舞美设计图给我。看着亲妈一双饱含慈爱的双眼，我感动得落下了眼泪。

初秋来临，我的腿痊愈了，我那患有"再生障碍性贫血"的丈夫，在外婆和亲妈精心照料下，终于脱离了死亡线。夫妻双双不仅身体痊愈，而且还在亲人大艺术家们指点和关心下完成了小舞剧《梁祝》的创作，我们怀着对亲妈的感恩之情离沪返京，又重新登上了舞台。小舞剧《梁祝》在"全国舞蹈会演"的公演中，大放异彩，获得一致好评，又拍成电影，演遍大江南北直至海外，一直演到 2002 年香港舞台上。

这些年来，似星光般的母爱一直萦绕着我，从没离开过我，一直温暖我到今天。

（《作家文摘》2017 年总第 2017 期，摘自《上海采风》2016 年第 12 期）

父亲李可染的"师牛堂"

·李小可·

2017 年，是我父亲李可染先生诞辰一百一十周年，他离开我们已经二十八年了。时光飞逝，进入古稀之年的我对父亲更为理解，愈加怀念。纪念活动应当从哪儿开始呢？我想应该是"师牛堂"，因为"师牛堂"代表着父亲的艺术高峰，也是他生命的终点。

于是，在李可染艺术基金会美术馆，我按原大比例实景复原了"师牛堂"，当一切东西还原时，仿佛时光倒流，让我沉浸其中难以自拔……

"我是时间的穷人"

父亲一生有六个堂号，以"师牛堂"最为著名，从 20 世纪80年代开始使用，他的许多代表作都落此堂号。1972年为迎接尼克松访华，经总理批示，调回了一批老画家，为接待的饭店进行创作，父亲也从丹东干校调回北京。1973年，我们家离开"大雅宝胡同甲2号"，搬进西城三里河社区的一套普通单元房，进门右手第一间便是"师牛堂"——二十平方米的房间，除了进门口，还有通往阳台和小卧室的两个门，里面有一个长二点八米的画案、一大两小三个沙发、两个小书架、一台老式长方形的收录机，还有大量的书和字帖等。这就是几乎包含了父亲全部的"师牛堂"。那时我和父母亲在这里居住、生活，直至1989年父亲过世。

那时父亲常说："我是时间的穷人。"在"师牛堂"的日子，是他最为忙碌的一段时间，除了生病，他每天都坚持创作，只有大年初一时会休息一天。在这段时间里，父亲除创作了《树杪百重泉》《漓江山水天下无》《春雨江南图》《无尽江山入画图》等作品，还有许多国家、文化名人、学生、机构等请他题词，他鲜少拒绝，每天作画后都要写字，桌上永远有记录得满满的、等待完成的工作清单。这些在"师牛堂"完成的题词，加起来应该有近千幅。

"文革"结束后，社会环境逐渐宽松，父亲准备全面恢复创作，决定再次外出写生。1978年，母亲和我陪父亲再上黄山、九华山写生并到武汉讲学，历时数月。此次外出写生，与上次相隔已有近二十年之久，所以父亲非常兴奋，而这，也是他最后一次外出写生讲学。

那时候，大家又可以自由来往，情绪高涨。许多多年不见的老友常来"师牛堂"做客，如陆俨少、黄胄、张正宇、杨振宁、琼瑶、李政道、科恩夫人、黄苗子、郁风、陈香梅，还有日本画家东山魁夷，京剧大家张君秋、李世济，电影艺术家赵丹等。其中我记忆深刻的有三个人：黄胄叔叔那时常去钓鱼，每次骑自行车来时，后面都会架着两个水花四溅的铁桶，给我们送来刚钓的鱼；陆俨少先生有哮喘病，我们家没有电梯，每次来他都要非常吃力地爬上四楼，为此父亲总是很担心；张正宇先生最后一次来时身患绝症，到家里告别，但他非常乐观。那天他写了好多字，记得写到得意时，他会回过头来竖起大拇指夸奖自己说："绝了！"那勇敢、豁达的样子，我一直记在心里。

当时到师牛堂来的更多的，是父亲的学生和想方设法来求教的年轻画家、记者和求字画的各界人士，父亲为了保证他的创作，曾在大门上贴了个告示请求大家体谅，但效果不大。1978 年，父亲招收了"文革"后的第一批研究生，他们上课也是在"师牛堂"。

倒在"师牛堂"的画案前

父亲是苦出身，特别重视过年。每逢春节，我都要按照父亲的要求，去南城一位老人那儿买手工灯笼，去新街口买水仙花，再到友谊商店里的花店买鲜花；妹妹筹备年夜饭和年货；父亲则写春联，不大的家里张灯结彩。大年三十晚上，家里人给父母拜年，父亲则会给孙辈压岁钱，每年此时，他的脸上都洋溢着笑容。而在平日里，他极少出门，结束一天的工作后，傍晚时总会坐在"师牛堂"的沙发上，听着几乎永远不变的那几段京剧，休息一下。父亲爱美食，那时供应却不足，他饭后会吃一小把花生，如果有人送一点腰果来，可是稀罕得不行。至今我还清晰地记得，父亲小心地从瓶里倒出几粒腰果，慢慢咀嚼时那满足的样子……

1989年12月5日，父亲如常早餐过后，例行下楼打太极，我则去北京画院开会，一切如往日一样平静。我刚到单位，就接到母亲的电话，说父亲过世了！我一点都不相信，拼命赶回家看到如睡着了的父亲，父亲在10时50分左右，与文化部来的几位工作人员谈话时心脏病突发离世，倒在"师牛堂"的画案前。

父亲过世后，我搬了家，但每次走进"师牛堂"，都会不由自主地放轻脚步，仿佛父亲还在那儿画画。父亲走后，家中还保持着老样子，因为房子老旧，没有电梯，可母亲还坚持住在那儿，每次进出要自己爬楼。我劝过多次，但她说："这是我和你爸爸的家，我哪儿都不去！"2015年母亲重病，她拒绝住院治疗，4月25日凌晨，情况严重了，急救人员来抬母亲时，她的意识非常清楚，双手一直紧紧抓住床头不放，我知道她是怕再也回不到她与父亲的家。母亲去世后，我和弟弟商量，家中继续保持原样，永远纪念父亲和母亲。

（《作家文摘》2017年总第2059期，摘自2017年7月29日《北京晚报》）

父亲顾随: 隐藏的大家

· 顾之京 ·

今年是父亲顾随诞辰一百二十周年。我是家族中唯一继承父亲志业的孩子，多年从事中国古典文学的教学与研究。在我眼中，父亲是很爱家人的父亲，更是学者，是师者。

不是那种严苛的夫子形象

我的父亲作为长门长孙，自他出世的那一天起，就背负了父、祖两代人求学上进的宏愿。父亲顾随的名字别有含义。曾祖父寄望于父亲能追随前辈人，而取名"随"。

1920 年夏，父亲以优异的成绩结束了大学学业，取得文学学士学位，走出北京大学，开始了他终此一生登堂说法的讲坛生涯。他曾先后在天津女子师范学院、燕京大学、辅仁大学、天津师范学院（河北大学前身）等校讲授中国古代文学，四十多年来桃李芬芳，叶嘉莹、周汝昌、吴小如等专家学者皆是其得意弟子。

儿时我就觉得他是一个非常爱我们的老父亲，我是他最小的女儿，从我记事起，我就没见他年轻过。在我的记忆里，父亲不是读者想象中那种严苛的夫子形象，他并没有管女儿要怎么做，而是营造了自由宽松的家庭氛围。有人说身教甚于言传，可是我觉得父亲并未有意识地做出什么。因此，我特别能体会荀子所说的"蓬生麻中，不扶而直"的深意。父亲并不是有意识地要把他的女儿或学生培养成什么样子，他有自己的做法，他自己形成的学问气氛，却是那种精神感召的力量，就让你很自然地去做。

我小时候上学特别早，弹琴唱歌绘画跳舞都喜欢，所以我就考了幼师，然后在北京的幼儿园工作了几年。其实那时我父亲很愿意我们中间有个人学文学，可是他非常尊重我的选择。但我也喜欢文学，考大学没有任何犹豫就选择了中文系。

1956年，我考入北京师范学院（首都师范大学前身）中文系。考上以后，我父亲才说他非常高兴。当时我选择古典文学专业的原因也特别简单，喜欢文学，教小孩时也创作过儿童文学诗歌，我还记得父亲曾在信上给我写过一句话："你要做个儿童文学家也不错。"我说：所以我想，父亲始终是希望我们有一个跟他是搞同一行的。

他的东西没有过时

父亲的一生，无论是创作还是教学，都是扣紧了时代，尽管八九十年过去了，但是他的东西没有过时。我很喜欢词，但真正对父亲的词，过去也就是念一念。最近我出版了《苦水词人——顾随词集词作解析》，我把父亲的词理了一遍，真的觉得他的作品完全紧扣那个时代。

同样令我印象深刻的还有父亲的讲课风采。我父亲讲课是很随意的，想到哪说到哪，这也是我们在整理笔记过程中，看着讲话可能跟今天讲的课文没关系，但他一句废话都没有。值得一提的是，叶嘉莹回忆起跟随我父亲的习学经历，也曾如此描述道：

我自己虽自幼即在家中诵读古典诗歌，然而却从来未曾聆听过像先生这样生动而深入的讲解，因此自上过先生之课以后，恍如一只被困在暗室之内的飞蝇，蓦见门窗之开启，始突然得睹明朗之天光，辨万物之形态。

自20世纪30年代起，父亲实际上有《稼轩词说》《东坡词说》《元明残剧八种》《揣龠录》《佛典翻译文学》等多种学术著作问世。但是，由于种种原因，几被世间遗忘，他成了一位"隐藏的大家"。从20世纪80年代开始，经过叶嘉莹和我等人的多年努力，才使他的文化学术成就重新走进世人的视野。

"以无生之觉悟为有生之事业，以悲观之心情过乐观之生活。"这是源自叶嘉莹忆语、坊间广为流传的顾随的一句箴言，事实上，这句话并未出现于叶嘉莹的听课笔记之中。或者说，这寄托了叶嘉莹对老师顾随的人生境界的理解。如今已届耄耋之年的我，回首父亲对自己的影响，我更愿意借用父亲对晏殊《浣溪沙》的评析来表达——满目山河空念远，落花风雨更伤春，不如怜取眼前人。

父亲指此是说过云、现在、将来三个时点，言"人生最留恋者过去，最希冀者将来，最悠忽者现在。"意思是说，"不要留恋过去，不要希冀将来，我们要努力现在"。当我从笔记上看到这个话以后，我就流眼泪了，就好像是我父亲在教导我人的一生应该怎样过。

（《作家文摘》2017年总第2068期，摘自2017年8月6日《深圳商报》）

祖父陈垣

·陈智纯·

初次相见

1954年5月，我将要从杭州联合中学初中部毕业。某日，父母亲问我："暑假想到哪里去？"我毫不犹豫地回答："我想去北京。"

我们陈氏家族是个大家族，家族成员遍布祖国四面八方，也有旅居海外各国的。祖父陈垣先生（历史学家、教育家、原北京师范大学校长）是陈家擎天大树，几乎所有到北京的亲戚，都要到兴化寺街5号来看望祖父。

虽然以前我未曾见过祖父，但父母一直要我们以他为榜样。我们兄弟每到学年结束，都要给祖父写信汇报自己的学习情况。小学四年级结束，我写了一封几百字的信给祖父，不久后我的信从北京寄回来了。祖父在我的信上写了批语，在某处批注："你的信有的地方加标点，有的地方为什么不加标点？"这促使我在以后的学习中更勤奋、更细心。

终于盼来北上的日子。下车后，父亲领我们来到兴化寺街5号门前。两只小石狮竖立在门前两侧，门框左右各刻有五个字。右侧刻着"忠厚传家久"，左侧刻有"诗书继世长"。父亲按下门铃，门工打开大门，笑着把我们带到四合院前院的南房内。

祖父知道我们来了，在北房客厅笑迎。初见祖父，我不免有些拘束，祖孙之间年龄相差六十岁，况且祖父知识渊博，我年少无知；他是社会名流，而我刚初中毕业。祖父对我初次到京和他相见十分高兴，慢慢地，我也能轻快地说上几句话。

在祖父家中安顿好，父亲安排了一个旅游计划，我们先后去了北海、景山和故宫几个景点。玩兴渐浓之时，父亲突然接到浙江师范学院转来的调令，要他调离浙江师范学院，到北京人民教育出版社工作。

父母亲和祖父商量后，立即带二哥回杭州办调动手续及搬家事务，把我留在祖父家，等候在北京上高中。

学者风度

祖父一直是我敬仰的偶像，他缘何既能在学术研究中取得丰硕的业绩，又能在社会事业上获得成功，是作为晚辈十分想探求的事情。但真要和祖父单独相处，内心又难免有些不安，生怕自己的言行不当，惹祖父生气。

每天上午，我都要到北房向祖父问安，跟刘秘书、郭医生聊天，慢慢地，我对祖父的生活起居方式有了些许了解。他生活非常规律，早睡早起，不抽烟、不喝茶，除参加国宴外不饮酒。饭后在北房外的狭长走廊处边诵诗边来回行走，几十年如一日。

厨师老大爷一日三餐先给祖父做饭，然后才是我。出于好奇，我问他："我祖父喜欢吃什么？"他笑笑说："你祖父最喜欢喝小米粥，馒头、米饭也吃，蔬菜吃得多，少量鱼肉。"老人家口味淡。

祖父言谈举止完全是学者风度，对身旁工作人员和蔼可亲，没有校长的权威架势，工作人员都十分尊重他。

祖父一生专注于史学研究工作，书籍是他最宝贵的财富，"励耘书屋"藏有数万册图书资料。某天，我到北房请安，他在一张纸上写了个书名，对我说："智纯，你到书房，从南数第几排中间那个第几层书箱里，把这本书拿来给我。"这是祖父给我的光荣任务，我高兴地跑进了书房。刚一进屋，我便愣住了，巨大的一个书库，整整齐齐排满了书架，每个书架上又整齐地摆放着书箱，里面装的都是线装书。我观看了一阵子，赶快按祖父所说纸上的书名，将书找出来。当我将书递给他时，不由为祖父惊人的记忆力所折服，那时祖父已经七十四岁了。

忠厚待人

在外人看来，祖父是个严肃的学者，除了做学问，其他方面必无暇过问，此前，我也有同感，但经过一段时间的相处，我又发现了他作为长者的，易于接近、忠厚待人的一面。

有一天我到北房去见祖父，刘秘书对我说："储藏室里有一架钢琴，你祖父说你要想弹的话，可以去练练。"我听后又惊又喜，储藏室和祖父的工作室同在北房，中间只隔了个客厅，弹琴不会影响祖父工作吗？喜的是上小学时看音乐老师弹琴，感觉很有意思，一直想试弹一下。当我坐在钢琴前，试了一会儿音，然后用不熟练的指法，弹了首简单的歌曲。高兴之余，怕时间长了影响祖父工作，就合上钢琴出来和刘秘书说："我弹完了。"不料刘秘书对我说："你祖父说你弹得不错嘛！"

但祖父面对是非问题时，始终保持正确的立场，不会为亲属谋求半点私利。某天祖父关心地问我："你上高中的事定了没有？"我说："父亲回杭州搬家前找过组织，他们说调京干部子女可以上北京的重点中学。"不料重点中学名额已满，子女只能在住家附近上学。我去见祖父时叙说此事，祖父听后，只说了声：'哦！"见此状，我欲言又止，来前我本想若祖父有所表示，我就会请他帮我进师大一附中或二附中读书。

　　北京市教育局最终将我安排进入离家较近的 41 中读书。再去看望祖父时，我报告此事，刘秘书说："41 中前身是平民中学，你祖父当过平民的校长。"祖父也笑了。

　　（《作家文摘》2017 年总第 2080 期，摘自 2017 年 10 月 22 日《北京晚报》）

外公苏步青

· 冉晓华 ·

2015 年 12 月 15 日我和表弟苏小佳应邀参加将于 12 月 18 日在浙江省平阳县举行的苏步青励志教育馆开馆仪式（我是长外孙，小佳是长孙），抵达上海，来到复旦大学第九宿舍，打开 61 号房门。这是我和小佳童年的居所，成长的摇篮，走进屋内，一切那么熟悉、那么亲切，往事顿时涌上心头。

在外公家的童年生活

1953 年 11 月中旬，在北京工作的父母即将调往吉林，当时东北的环境条件十分艰苦，于是把刚刚出生二十天的我送到上海的外公外婆家，由他们来抚养（小佳是 1956 年来的）。最早的记忆是四岁的我和两岁的小佳楼上楼下来回奔跑，非常兴奋，感觉新家好大好大啊！我和小佳是第三代的老大老二，外公外婆都十分疼爱我俩，舅舅们也喜欢我们，经常带我们玩耍。外公每年都要去北京开会，回来时总是给我和小佳买北京特产茯苓饼，非常好吃。1958年外公出访东欧讲学回来，买了个会眨眼的芭比娃娃（当时中国还没有卖的），我和小佳感到非常新奇，爱不释手。

外公每天早上天一亮就起床了，去花园里除草、松土、浇水。花园里种了鸡冠花、大理花、美人蕉、月季花、凤仙花等，还种了许多时令蔬菜，记得外公有时周末会去宿舍外面的小河里，挖一些淤泥挑回来给蔬菜施肥。20世纪60年代初，连续三年困难时期，多亏了外公种的这些蔬菜，方得以填饱肚子。还记得当时种的冬瓜最大的重达二十八斤，山芋最大的有十几斤重。早晨，外公结束一个多小时的田间劳动后，总是用冷水擦个身（一年四季如此）。外公每天午餐后都要小睡一会儿，下午再徒步上班。虽然学校为他配备了专用轿车，但他除了去市里开会和出差去机场之外，从不乘坐，家里人也借不上光。外公就是这样一个公私分明、品德高尚的人。

每天晚餐时，外公都要用三钱酒盅喝一杯烧酒，饭后上楼看半小时的电视新闻节目，之后就下楼在书房里看书、写东西，一直到深夜。我儿时非常喜爱画画和书法，常常晚上坐在外公书桌的对面写写画画，偶尔他会站在我身后仔细观看并予以指点。有时，外公看书久了觉得疲倦，会站起身在书房里来回踱步，双手抄袖，双目微合，嘴里不停地哼着什么，我听不懂，后来长大后才知道他是在吟诗。外公不仅是中外闻名的数学大师，而且文学造诣极高，是一位业余诗人，他一生共撰写了 460 余首诗词。

外公的书桌上总是堆放着许许多多来自世界各国著名学者寄来的信件，因为他掌握日、英、法、德、意、西、俄七门外语，所以在那个没有电脑和互联网的年代，进行学术交流全靠来往信函。我读小学时喜爱收集邮票，只要一发现新出的纪念邮票，就向外公索要。每逢元旦和春节前后，每天都会收到不少信件，也是我集邮大丰收的日子。1919 年，十七岁的外公东渡日本，仅用三个月时间学会了日语，接着参加日本的高考，以第一名的成绩考入东京高等工业学校；1926 年，在东北帝国大学数学系读研的他，又用三个月学会了意大利语。由此说明外公的智商很高，天赋超人；然而，他在中学时代一共演算了一万道几何题，又说明他在学习上刻苦钻研、积极勤奋。

小学六年生涯一晃而过，来到了 1966 年之夏。"文革"开始，外公被批斗。外公外婆和舅舅们一起商量，决定将我们两人送回到各自的父母身边。从此结束了在外公家的童年生活。

古稀之年脑力惊人

外公一生中一面教书育人，一面不断地攀登数学高峰，无论是抗日战争时期在贵州湄潭的破庙和山洞里；还是"文革"期间下放到江南造船厂劳改，尽管条件艰苦恶劣，但他仍然笔耕不辍，育人不止。

记得 1974 年夏回沪时，看到外公每天早出晚归，坐公交去江南造船厂上班，风雨无阻。从复旦九舍到江南造船厂很远，单程需一个多小时，这对于一个七旬老人来说，是多么不容易啊！晚上回家后常常与家人讲在船厂的事，虽然他是"劳改犯"，但是工人师傅和技术人员都很尊敬他，喜欢同他聊天。那时外公正在帮助船厂进行船体数学放样的研究工作，受管制多年的他，一身学问终于又有了用武之地，干劲十足。这项研究工作是在世界上开创一门新兴的应用数学学科《计算几何》，八年后由他编著的我国第一本《计算几何》问世，填补了国内外在该领域的空白。

外公的脑力惊人，我和舅舅们都自叹不如，他在古稀之年时，思维敏捷、精力充沛。记得 1970 年春节，我们全家回沪过年时，我爸爸和四舅玩一种趣味数学扑克牌游戏，四舅苏德昌是复旦大学数学系毕业的，但怎么玩都输给我爸爸。他不服气，琢磨了一夜，第二天一早又找我爸爸开战，结果还是输。当时外公在一旁观战，看了一会儿就一语道破其中的玄机："这个游戏取胜的关键是你拿过牌后，台面余牌张数的二进制之和必须是偶数。"四舅听后，顿时恍然大悟，我爸爸笑道："爸爸不愧是数学大师，太厉害了！"后来，我的表弟、表妹们在读中学时，一遇到解不出来的数学题就去问外公，每次都是迎刃而解。不过那时他已是八旬老人了。

1986 年是外公一生中最艰难痛苦的一年，3 月 24 日我的大舅舅苏德雄病故，5 月 22 日外婆病故，使得八十四岁的他悲恸欲绝，夜不能眠。外公外婆两人感情很好，一直相敬如宾，从未见到两人拌嘴，我们大家都非常担心他能否经受住这残酷的双重打击。6月2日外公在给我妈妈的信中这样写道：

爸爸白天比较好过，不是在家为中学数学教师开培训班备课，就是去学校做这做那，以忘忧愁。但是，夜深人静时，一度醒来，要想再睡就难矣！枕上反复思量，不觉流泪，两份悲伤都压到我一个人身上。不过，我有信心努力把这个悲观情绪克服过来。

外公的意志十分坚强，仍然坚持参加各项政治会议和社会活动，坚持为中学数学教师讲课，并于1987年春节前夕，完成了把自己四十年前的旧著《微分几何学》改写为现代语言和新表达形式的版本，寄到高等教育出版社。用他自己的话说："忙，就会把悲情冲淡！"

步入20世纪90年代后，九旬高龄的他仍经常参加各种活动。1992年夏，我出差回沪时，见到他每天读读诗词，写写条幅，乐在其中。

2003年3月17日外公在沪与世长辞，享年一百零一岁。

（《作家文摘》2017年总第2081期，摘自2017年10月22日《新民晚报》）

我的弟弟邓稼先

·邓仲先·

1915 年，我出生在安徽安庆郊区白邻坂邓家大屋。父亲邓以蛰是完白公公（乾隆时期的书法篆刻家邓石如）的五世孙。我、妹妹茂先、弟弟稼先都出生于此。

我五岁时父亲由美国回国，他在美读哲学学位，后在哥伦比亚大学教书两年，因我和妹妹到了应该上学的年龄，所以回国，也许也心疼母亲辛苦照料家。父亲回国后祖母逝世，在家待了年余，稼先出世。在稼先八个月时，我们全家到了北京，那一年是 1925 年。

父亲在北大任教。我读完小学四年级时，北大发的工资不能糊口，我们全家赴厦门，父亲在厦门大学教课。母亲水土不服，她有哮喘病不能起床，未到一年我们离开厦门大学暂住上海，父亲靠给《晨报》副刊写文章维持生活。罗家伦先生担任清华大学校长后，聘请父亲为清华大学哲学系教授。全家又回到北平。

我读高中时就帮助母亲料理家务，那时稼先四岁多，整天玩耍、弹球、抖空竹等。我同班同学路淑言家中为她弟弟和外甥请了一位老先生教古文，我同父亲商量让稼先也加入路家老先生班和他们一同念古文。稼先读了一年多，读完《诗经》《尔雅》《左传》等古文，当时在父亲面前可以整本书地背诵。他很聪明，记性也好。

稼先六岁时在南半截胡同小学读一年级，离家近。一天放学后稼先未回家，我到学校见他站在教室外，老师说他在教室玩球，将教室窗子玻璃碰碎，罚站。我立刻赔了钱，偕他回家。过了一学期，稼先转学到府右街四存小学，毕业后，我同父亲商量让稼先转到绒线胡同崇德中学（今三十一中）。崇德是教会学校，必须住宿，管教很严，母亲为住校吃住不放心不太赞成。我说服母亲，告诉她杨武之先生的儿子杨振宁、郑侗孙先生的儿子郑式诚都在崇德上学。通过同学的关系，我辗转找到在崇德教数学的李先生。李先生考了一下稼先算学，很满意，于是稼先入了崇德中学。杨振宁比他高一班，他俩很要好，我经常到学校探望他，见他们俩总在一起打壁球。

稼先读到高一时，日本发动"卢沟桥事变"，崇德中学被迫停办。北平沦陷前，北京大学、清华大学师生组织步行去湖南长沙，在那儿复课。父亲、张子高先生等数位老师因年老体弱，不能步行随大队去长沙。

当年稼先十四岁，因崇德中学被迫关门，他又回到志成中学读高二。一天湖北汉口陷落，沦陷区"庆祝"，北平各中学领学生上街"庆祝"，稼先在学生队中将小旗子丢掉，老师发现后去见父亲，劝说让稼先避避风头。于是，父亲叫我带稼先离开北平。

平安到达目的地昆明，我和稼先暂住昆明定花巷，不几日，经陶孟和伯伯介绍，我到昆明郊区马街子电池厂工作。落实好工作后，就着手安排稼先去重庆江津。重庆江津有从安庆迁去的安徽国立九中，当时四叔邓季宣是九中校长，稼先去那里入读高三。

抗战期间，星期日有时我会进城各家走走。常去城内陶伯母家，也去张奚若张伯母家，她们都对我热情相待。汤用彤伯伯因躲警报住昆明宜良，有时我也小住。我经汤用彤伯伯介绍相识联大物理学教授郑华炽，交往一年后结婚。

稼先在江津一年后高三毕业，报考的是昆明西南联大。那时敌机频繁轰炸重庆，稼先未赶上联大当天的应考期，之后只剩同济大学一所学校可报考，无奈只能暂时报考了同济大学，应试后被录取。那时我已回昆明，写信叫他不要到同济大学报到。然后我给教育部司长吴之椿伯伯写信，叙说我携稼先到后方，主要负有他前途的一切责任，如若稼先在重庆同济大学读四年，我怎么照顾他？吴伯伯很同情，当时就写信给西南联大。说好试读一年，但稼先只用了半年就因各科成绩优秀提前转为正式生。我和稼先都在昆明，我心安矣！

那时警报不断，我们天晴时就往外跑。在这期间，我、华炽、稼先都病倒了！华炽、稼先同时得了斑疹伤寒，我得了疟疾。我从联大宿舍把稼先接回家养病，三人同时生病，狼狈极了！伤寒病主要靠饮食调养，每天只能喝稀粥，养了月余才病愈。

战事接近尾声，国民党疯狂迫害进步人士，常在大学抓进步学生。我知道稼先是学生运动中活跃的一员，嘱咐他注意安全。

战事结束后，北大、清华、南开各回自己的学校。杨振声、郑天挺、郑华炽先可北平安置复校事宜，我独自带着幼子到重庆等军用飞机回北平。乘飞机人太多，我在一小旅店等了一个多月，才终于抵家与父母相聚。不几日，稼先护送一位有病的老师返回北平，因稼先联大毕业，北大聘请他任物理系助教。

此时稼先已二十多岁，朋友们纷纷张罗为他介绍女朋友。北大一位同事为他介绍一女士，见面后我问他姑娘如何，他回答："擦那么多脂粉，差点儿把我熏跑了！"

那时我和许德珩先生的住房紧邻，许伯母劳君展先生和我常见面，她是法国留学生，专长数学，在大学教书，为人和蔼可亲。稼先常回我处吃晚饭，所以许伯母见过他。许伯母见稼先一表人才，知道他教书很认真。许伯母有一女儿叫许鹿希，学医。我和稼先说劳君展先生很看重他，问他班上是否有一女生叫许鹿希，他回答我班上有两个女生，一个叫周北凡，一个叫许鹿希，这两个女生在班上功课都很好。经过我和许伯母劳君展先生促成，稼先和许鹿希成为终身伴侣。

稼先助教两年后考取美国普渡大学留学，在美学习两年，获得博士学位。美国教授劝他到英国深造，但因国内急需科学人才，稼先未去英国，选择了匆匆回国，当时他只有二十六岁，人称"娃娃博士"！

（《作家文摘》2018 年总第 2107 期，摘自《人民周刊》2017 年第 5 期）

父亲傅抱石的育儿经

才气怎么打得出来呢？

回忆孩提时代，我的爸爸妈妈其实很简单，就是给了我一个充满琴棋书画的环境。

以前我们家隔壁有个邻居是小提琴家，家里有十一个孩子，每一个都是从三五岁开始在严格的棍棒教育下学拉提琴。我爸爸总是摇头叹气说，小孩子的品性可以打出来，才气怎么打得出来呢？

爸爸在教育我的时候把我当作朋友一样。我最怕人家教训我，最讨厌循规蹈矩，所以我在学校里总当"坏学生"，老师一天到晚让我罚站，品行评定给我打个"丙"。爸爸很幽默地说："你怎么也给我弄个'丁'来吧，还能改成个'甲'，这个'丙'

到哪里去改呀！"爸爸虽然嘴上说我是"顽劣之徒"，但他心里还是觉得我是可教之材。

有一次我看着爸爸画他那幅很有名的作品——以毛主席诗词为题的《小小寰球》。爸爸竟然大笔一挥，画了一个地球，画面上大雨倾盆。妈妈当时也佩服他，觉得爸爸的画有一种超现实主义的神秘精妙。虽然超现实，但是地球、大浪、暴雨、松树，画面的元素又是可以理喻的物质，所以这幅作品获得了郭沫若的肯定。

爸爸创作那幅画的时候，我全程都在旁边看着。后来干脆拿起爸爸的笔墨也涂了一张，竟然惟妙惟肖。爸爸看到后只说了一句话："这个崽，就是有胆子。"爸爸的这个定义成了我的写照。

家里孩子多，我算是最争宠有方的一个。我后来学文习画，其实潜意识里都是为了讨好爸爸。

爸爸有时候会买一些字画扇子之类的东西，喜欢拿出来给我们看，我们看不懂，他马上就津津有味地讲解。有一次爸爸买了一把黑纸金字的诗扇，拿出来让我念。我磕磕绊绊连猜带蒙，竟也念对了一大半。爸爸高兴地夸了我一番，并且奖励我一堆好吃的东西。

古文化好比酒，现代文就如同茶，尝过了酒的滋味，那茶的味道就嫌太过清淡。然而，学古文对一个小孩子来说还是太难了，我从小就怕。好在爸爸从来不说负面和泄气的话，他告诉我虽然难，可一旦掌握就所向披靡。

"钦点"学习纲要

爸爸也是个多才多艺的人，乐感极好，喜欢拉京胡。听古典音乐也是他的嗜好，有时会在家里放柴可夫斯基的歌剧，他边听边喃喃自语："好听、好听。"我一副天生的破嗓子，偏偏从小就喜欢唱歌，一直想粉墨登场，但是爸爸从来不伤我的自尊，总是鼓励我，你要是有真本事的话，不要说演戏了，写戏也是够的；但是你要是达不到那个境界，就一定要谨慎。

爸爸用这样巧妙的方式，把琴棋书画深深烙进我的血液。古人古事听得多，我就不知不觉地喜欢阅读古典文学。爸爸见我有自觉之势，立刻买了一本《古典作品选读》给我。打开目录，爸爸已经在上面打上各种记号：打叉的不需要读，读了适得其反；打钩的可以看，但并不最重要；打圈的要熟读；打星的要能背诵。

爸爸"钦点"的这本学习纲要，我一直带在身边保存了很多年，在以后反复阅读的过程中，我终于明白爸爸的指点不仅正确，而且有效，给我习"文"明确了一个标准，对我的人生和绘画是非常积极的启蒙。

我小时候对画面不太感兴趣，但是我很喜欢黏着爸爸。在他身边，我从来不看他画在纸上的内容，只看他画画的气象。他画画的时候穿着囗装，把袖子撸起来，一点也不时髦。但是爸爸画画的动作，我觉得特别儒雅，内心非常喜欢和向往。我后来画画完全是想再见到爸爸，好像爸爸会从画里出来跟我交谈，所以每一次落笔，我都会下意识模仿爸爸的动作。

有一天爸爸画到一半停下来擦眼镜，突然开始生气。原因是他前两天和我大哥出去写生，大哥学的是西洋画，当着爸爸的面，他用西方透视的那一套方法，用双手取镜头。大哥当时年轻气盛，学了些新东西就很强势。爸爸说："什么叫取镜头，这么一取，不把整个世界都分割开了嘛。我们中国画，是要把所有的景都融进来。"爸爸常常讲，中国画的阴影透视就在笔法里，一笔下来，阴阳晨暮、春夏秋冬全在里面，这才是中国画的意境。

后来我画诗意山水，场景和意境就很自然地出现在笔下。不仅如此，当时诗词作者的心境气节，我也如同身临其境一样地感同身受。

给好奇心保留一点空间

爸爸经常说，一幅好的画有可能画得很疏，但实际上里面气韵十足。人生和画画一样，粗画细收拾，千万不能把一步步小的细节都安排得密不透风。人若能做到"疏可走马、密不透风"的境界，才是游刃有余。

小孩子也是一样，不要逼着他天天学习，给他对世界的好奇心保留一点空间，他的整个状态就会对世界充满求知欲。教育小孩要像碾玉，慢工出细活，有足够的耐心不断修化。碾玉有一个装置，要脚踩这个装置带动麻绳慢慢去磨，靠着水和麻绳碾出来的玉石完美温润。

爸爸的这种说法，后来我在杨振宁博士那里得到了证实。杨振宁特别喜欢爸爸的画，我在纽约画画的时候他来看望我，我们虽然是两个领域的人，但是交流起来毫无障碍。他说科学家从事科学研究，要是一开始就想要去抓一个容易得奖的课题、做一件伟大的事情，一定会很痛苦。联系自己的经历，他总结了一套培养子女的心得：只有一个原则，就是小孩子不愿意做的事情，就不要让他做，他喜欢的事情，就给他充分的条件。

"别让你的孩子输在起跑线上。"这是我常听到的一句话。我爸爸那个时代并没有这个说法，他们把塑造我人生的标准放到了古代贤人的肩膀上。我想，这是我的爸爸给我设定了最好的起跑线。

（《作家文摘》2018 年总第 2112 期，摘自《水墨千金》，傅益瑶著，上海辞书出版社 2017 年 10 月出版）

我的父亲闻一多

·闻名·

清华园的清雅

1932 年 8 月,父亲应聘回到母校清华大学担任中国文学系教授,他谢绝了中文系主任的职务。

1934 年 11 月,新建的教授宿舍"新南院"落成。父亲分得了其中最大的寓所之一——72 号。这里有大小房间共十四间。电灯、电话、冷热水、卫生设备一应俱全。环境也十分幽静。宽敞的庭院由矮柏围成院墙,一条甬道直通居室。

这是父亲一生中住过的最好的居所了。他十分高兴,再一次施展了艺术家的才能,对新居进行了精心的设计和布置。母亲说,"新南院"的住户,大多在院内栽种各种花卉。父亲却在甬道两旁植上碧绿的草坪。草坪上只各点缀一个鱼缸,里面几枝淡雅的荷花，几条金鱼在其间悠然游弋。放眼望去，别人家院里五彩缤纷，我们院中却满目青翠。

最令父亲自己满意的，大概要算他亲手在书斋窗前栽种的那几丛竹子了。他爱竹如宝，精心侍弄，使它们生长得枝繁叶茂，后来在昆明还时常念起来呢。

这萧萧翠竹、茸茸绿茵，透过书斋纱窗，与斋内满壁的古书、根雕的太师椅浑然一气，构成了一幅清新高逸、充满诗意的画面，人在其中，不由得勾起无穷的雅兴。

回到母校，父亲倍感亲切。清华园学术气氛浓厚，校内环境清静，父亲埋头书案潜心治学，正如他在《园内》一诗中所写的那样，像苍松一般"猛烈地"，像西山一般"静默地"工作。

真名士的熏陶

自武大以来，父亲便潜心古典文学。回清华后，完全沉迷于古籍并乐而忘返。这种痴情也和他近年来内心的苦闷矛盾不无关系。到清华的第二年，父亲在给老友饶孟侃的信中倾诉道：

我近来最痛苦的是发现了自己的缺陷，一种最根本的缺憾——不能适应环境。因为这样，向外发展的路既走不通，我就不能不转向内走。

"向内"的路果然越走越宽，他的研究不断拓展、深化，新的成果也不断涌现。除许多唐诗研究的成果外，从青大开始的《楚辞》研究，这时也多有所获；而《诗经》研究也硕果累累。

冯友兰与叶公超后来谈起当代文人，都认为"由学西洋文学而转入中国文学，一多是当时的唯一底成功者"。

父亲也十分自信。他在对臧克家谈到陈梦家的考古成绩时说：

他也是受了我的一点影响。我觉得一个能写得出好诗来的人，可以考古，也可以做别的，因为心被磨得又尖锐又精练了。

这颗诗人的心用在学术研究上，的确非同一般。郭沫若在父亲遇难后编《闻一多全集》，曾惊叹父亲治理古代文献：

那眼光的犀利、考索的赅博，立说的新颖而翔实，不仅是前无古人，恐怕还要后无来者的。

朱自清先生在谈到"学者中有诗人的闻一多"时，也特别指出了他治学的特色和独到之处，盛赞父亲的学术散文"简直是诗"。

有这样一颗诗人的心，讲课也非同凡响。这个时期，父亲开的课程有《诗经》《楚辞》《唐诗》《国学要籍》《中国古代神话》等，都非常受学生欢迎。赵俪生后来还生动地描述了老师对讲授气氛和意境的追求：

七点钟，电已经来了，闻先生高梳着他那浓厚的黑发，架着银边眼镜，穿着黑色的长衫，抱着他那数年来钻研所得的大沓大沓的手抄稿本，像一位道士样地昂然走进教室里来。当同学们乱七八糟地起立致敬又复坐下之后，他也坐下了；但并不立即开讲，却慢条斯理地掏出自己的纸烟匣，打开来，对着学生露出他那洁白的牙齿作蔼然地一笑，问道："哪位吸？"学生们笑了，自然并没有谁当真地接受这风味的礼让。

于是，闻先生自己擦火吸了一支，使一阵烟雾在电灯光下更浓重了他道士般神秘的面容。于是，像念"坐场诗"一样，他搭着极其迂缓的腔调念道："痛——饮——酒——，熟读——离骚——，方得为真——名——士！"这样地，他便开讲起来。显然，他像旧中国的许多旧名士一样，在夜间比在上午讲得精彩，这也就是他为什么不惮其烦向注册课交涉把上午的课移到黄昏以后的理由。有时，讲到兴致盎然时，他会把时间延长下去，直到"月出皎兮"的时候，这才在"凉露霏霏沾衣"中回到他的新南院住宅。

文研所的书香

1941 年 10 月初，清华大学文科研究所在昆明北郊的龙泉村（龙头村）司家营成立。文学部的工作由父亲主持，我们也随迁到所内居住。司家营离昆明城约二十里，不受敌机干扰，村内常年绿荫掩映，花香飘逸，抗战中能有这样一个宁静美丽的处所治学，十分难得。

文研所的老师治学及住宿主要在二楼。那里的正房未经隔断，相当宽敞，是大家的工作室。我们习惯叫它"大楼"。"大楼"里摆了许多书架，除靠墙的一大溜儿，还有几架书横放着，把房间隔成了几个小空间。父亲他们就在这书海的空间里埋首伏案，潜心治学。我们后来常利用大人午休的时间悄悄去书架间玩捉迷藏。那高大的书架，那满架的古书，似乎永远在静静地散发着一种庄严神圣之气，吸引和震撼着我们幼小的心灵。

二楼西厢房是朱自清、浦江清、许维遹、李嘉言（后离去）、何善周诸位先生的卧室。那里我们没有进去过，但晚饭后常听到从里面传出笛声和一种轻柔婉转的戏曲声调，听大人们说，那是浦先生在哼昆曲呢，那还是我第一次听到昆曲，觉得它是那么新奇美妙。

长时间伏案后，父亲总喜欢在晚饭后靠在床上小憩一会儿，他也常在这时检查我们的作业。但就在这短暂的休息时间里，他脑袋里盘旋的也多是研究的那些内容。

1943 年暑期，我和三哥小学毕业，考上了西南联大附中。父亲怕我们在入学前的长假里荒废了学业，给我们布置了一些作业，还要求每天写一篇日记。我如今还保存有一本当时的日记，里面就记着这样一件事——

八月二十日　星期五

爸爸躺在床上说："这几天，你们看见田里有男女各一人在唱山歌吗？你们猜这是为什么？"我们都猜不出。爸爸便说："是在恋爱呀！"我们都很奇怪。

许多年后才渐渐明白，这不是随意闲聊，而是父亲学术研究有所得的一种兴奋流露。这也是借此在为我们长知识。

父亲研究古代文学，从不局限于具体的作品，而是将它们摆在历史发展的长河中，从宏观上去认识。因此，他不仅运用前人的考据方法，七运用近代的社会学等方法。比如研究《诗经》，便在考据的同时也采用民俗学的方法，他也十分注意寻找现实生活中与《诗经》时代文化状态略同的有关材料来加以印证。当时司家营田间的男女对歌，也正可以印证《诗经》等古代作品中男女对唱传情这一原始风习，难怪他竟兴奋得忍不住要对我们这几个小孩子一吐为快了。

（《作家文摘》2018 年总第 2150 期，摘自 2018 年 6 月 25 日《光明日报》）

爷爷季羡林

·季清·

爷爷去世十年了。而我没有一天不怀念他，怀念他的音容笑貌。

不怎么吃零食

我四五岁的时候来到爷爷奶奶身边，和他们一起吃过苦，同时也尝到了甜与欢欣，尝到了那种隔代亲。每每在我回忆爷爷的时候，脑海中总是浮现出他坐在那张古式的大书桌前。桌子上，周围的地上，满满的都是爬满了字的格子纸、加了纸条的书等。一支钢笔、一个放大镜和一副老花镜也总是静静地躺在爷爷的书桌上。那个淡蓝色的瓷茶缸同样泰然地恭候着爷爷。

爷爷的那把藤椅是有了名的。我小时候一得空就喜欢爬到

178

上面去。有一次，爷爷突然提早回来，就轻轻地咳嗽了一声，吓得我赶紧从椅子上爬下来，一溜烟儿跑了。

小时候，爷爷的书桌我很少碰，因为上面有他写的稿子和查阅的资料。书桌下面总有一些上好的糖果、点心、巧克力等。有些是父母从干校带来的当地土特产，有些是亲戚朋友来北京时送的。爷爷没有吃零食的习惯，待客人离去，爷爷经常就顺手把礼品"扔"在他的书桌下面，从此不再问津。

虽然爷爷不怎么吃零食，可对正经饭食还是很讲究的。他写的文章《从哲学的高度来看中餐与西餐》中认为，中西方的烹饪手法之所以不同，实际上是和人的思维模式有着很大的关系。

爷爷曾留德十年，后来时不时也会想念西餐。在北京动物园旁边有个莫斯科餐厅，我们每年会到那里打一两次牙祭，基本上是全家出动，十好几口，几张餐桌拼在一起，爷爷照例坐在首位，老祖、奶奶总是坐在爷爷两边，其余的人就稍稍谦让一下，没什么次序随便坐了。我还记得爷爷第一次带我们去莫斯科餐厅吃饭的情景。那时我还很小，坐在那里两只圆眼睛瞪着那副刀叉，不知如何摆弄。爷爷耐心地给我示范怎样握刀叉，怎样用叉子把肉或菜固定好后，再怎样用刀子把它们切成小块，用叉子把它们送到嘴里。爷爷又教我怎样喝洋汤，汤喝到碗底之后，剩余的不能把碗端起一股脑灌进肚里，而是需要用一只手把汤碗稍稍由里向外抬起来一点，这样方便用汤勺舀出来喝。

教导孩子的方式很特别

爷爷教导孩子的方式也很特别。其实很简单，就两个字：自觉。

我小时候，爷爷从来没数落过我，更不会有打和骂的情况。父母总是要求我们帮老祖、奶奶干家务，可我们是被两个老太太宠坏了的孩子，虽然也帮忙，但大多数情况下是没过一会儿就溜了。以前吃完饭后，爷爷稍坐一会儿就回房间继续他的工作了，后来爷爷就不再马上回房间工作，而是留下来擦桌子。老祖、奶奶很过意不去，爷爷就说："要教孩子干活，光说不行，一定要身体力行，从我做起。"

爷爷和猫的感情是大家所津津乐道的。然而大家所不知道的是，一开始爷爷并不赞成我们养猫。记得在我六七岁的时候，有人送来一只刚刚出生几个星期的小猫，就是虎子，我看了特别喜欢，老祖就留下了。当时爷爷有些不太高兴。可是，天长日久，他同猫产生了感情。他待猫就像待孩子一样，不打，不骂，不约束，任猫在他的书桌上他那些稿子上爬来爬去，晚上猫咪们都会跑到他床上去睡觉。

我在爷爷身边长大，又是在"文革"那段爷爷最倒霉的时刻同哥哥、老祖和奶奶一同陪伴着爷爷度过的。那个时候他少言寡语，脸上很少见到笑容，老祖、奶奶都让他三分。回到家时，他说话不多，最多抱抱我，摸摸我的头，就进自己房间去了。我印象中，爷爷永远坐在那张大藤椅上，在他的大书桌前看书、写书、翻书。有时候我觉得无聊，就悄悄地走到爷爷的房间，安安静静坐在地上看着他工作。"文革"结束后，爷爷的工作开始繁忙起来，脸上的笑容也多了起来。我很喜欢看爷爷笑。他的笑有一种感染力，有一点点的童稚气，是那么的使人想去接近他。

爷爷是笑着走的

1989年，老祖辞世了，四五年之后，奶奶也离开了我们。在这期间，我的姑妈也于1992年因癌症医治无效早早地走了。我总以为，爷爷是个万能的人，他什么都不怕，他什么都经受得住。然而，亲人的相继离去，对爷爷的打击是十分沉重的。在我读了爷爷晚年许多文章后，心情十分惭愧，我没有及时了解到他的心思，我没有了解到他在用笔传达一个他无法以正常途径所能传达的信息。那就是，爷爷想我们啊。

1994年我带着我两岁的大女儿南南回北京看望爷爷。这对相差八十一岁的祖孙对猫有着同样的特殊喜好。他们两个一起逗猫玩，南南还给老爷爷背诵唐诗。南南给爷爷带来的快乐，虽然短暂，却是极具意义的。

我清晰地记得，2008年7月4日在北大家里见到爷爷的情景。虽然那天我没有能够寻到机会和他单独聊聊、叙叙旧，但是，我知道，这会是一个很好的开始。在爷爷上了轿车要离去的一瞬间，我对爷爷说了句话："您保重，我会再回来看您的，很快。"爷爷频频点头。我依依不舍地离开了车子，目送着爷爷远去。

2009年7月11日早上8点50分，因心脏病突发，医治无效，爷爷离我们而去了。没有痛苦、没有遗憾。人们都道他是笑着走的。

他们说的是对的。在爷爷生命的最后一年里，我多次回去看望他。就好像从前，我每个周末都要去看望爷爷，听他聊家乡的逸事，聊北大的新闻，聊国家大事，也讲述他个人的经历以及趣闻。爷爷最喜欢夸耀的是在他七十多岁时，还骑车上班。看着爷爷坐在那里闭目沉思的安详模样，我心里有说不出的喜欢。

（《作家文摘》2019年总第2251期，摘自2019年7月10日《北京青年报》）

外公齐如山

· 贺汀善 ·

外公在他的著作中写道："国剧来源于古代之歌舞，由宋朝创始杂剧说起，已有七百年的历史。由唐朝梨园子弟歌舞说起，则已将千年"，"这里头当然应该有有价值的部分"。可惜的是"不但没有人研究它，甚至于绝对不谈它，以至古来的这样有价值的一种艺术只是艺人间的薪火相传，无扎实的研究和文字记载"。

于是无论什么时候，什么地点，他逢人便问，每逢看戏，他在后台，总有人来围着说话，他们很愿意告诉他，关于衣服、盔头、勾脸、把子、检场、音乐等。当时所有的名角都不止一次地被外公访问过。与戏剧界交往非常广泛，不分好坏角儿，连后台管水锅的人他都认识，都询问。几十年的工夫，就这样询问了三四千人。

与外公的一年多相处

齐如山先生是我的外公，我母亲齐长是齐如山的长女。我和外公在一起生活的日子只有短短的一年多，但他对我们的关爱、对我一生的影响，使我永志难忘。

我对外公的情感源于我家和我个人的经历，我父亲青年时立下农业救国的志向，曾就学于北京农业大学、日本早稻田大学农学系。回国后任济南示范农场场长，做农业技术传播推广工作。抗战爆发后，我们家由北向南不断迁徙，我就是在迁至湖南老家时出生的。后来又由湖南迁至广西，我至今还记得躲避日军轰炸的情景。不幸的是，我父亲在抗战胜利前夕，在颠沛流离中生病去世了。

贺家，曾是湖南的名门望族。在嘉庆、道光年间我祖上有三人考取进士，在乡间被誉为“一门三进士”。其中一位官至云贵总督，退隐后主持岳麓书院。抗战胜利后家境已近败落，乡间无人主持，城中家产毁于战火。在此危难时刻，外公及时伸出援手，召唤我们到北平去，到外公家去。当时铁路不通，我们就走水路，顺湘江经洞庭湖入长江到武汉，再换船顺江东去到达上海。住在三舅齐熙家，在上海又停留了半年。再从海路去塘沽，四舅齐熠来接我们，从天津来到北京那时已是1947年冬季了。

来京后，外公十分关爱我们，每天从东单西裱褙胡同的家步行到我们当时住的南河沿菖蒲河，来看我们。生怕我们不适应，生怕我们受委屈。有时间还带我们出去遛弯，遇到好吃的就买给我们吃，姐姐还记得吃炸饹馇的情景。

来到外公家不但生活安定，更重要的是从此有了读书的机会。我从小学四年级起就按部就班地读到了大学毕业。

1948 年底，外公去了台湾，和我相处只有一年多，但他对我们的接纳、对我们的关怀，对我一生是个重要转折。虽然至今已时隔近七十年了，但对外公的感恩之情却益发日久弥坚。

墓朝着大陆的方向

在纪念外公一百零五诞辰时，台湾学者陈纪滢先生献文写道：

过去若干年中，大家都称他为"国剧大师"，是"梅兰芳的老师和恩人"，是位剧作家，这些称谓、头衔都不错；但在他同时能编剧的不止他一人，且每个人都有扶持的对象，有恩于某人，为某人老师，剧本也有贡献。但把国剧理论纳入学术研究范围之内的，则只有齐老一人！

外公原本并不是研究戏剧的，当他有此打算时，已是人到中年，他能有如此成就，我以为是诸多因素的综合。

他出身于世代书香门第，有深厚的国学渊源。当时的京剧界思想偏于保守。相对来讲，我外公的眼界、思路都比较开阔。在 1908 年到 1912 年间外公三次去欧洲游历、办理商务，其间在巴黎、柏林、伦敦观看了大量的西洋歌剧、话剧。外公自幼喜欢京剧，自然而然地进行了中外的戏剧比较研究。一次戏剧总会开会请外公演讲，在近三个小时的讲话中，主要讲了中外戏剧的比较，结果大受欢迎。会长谭鑫培对外公说："听您这些话，我们都应该愧死。"

开阔的眼界不但是成就外公事业的重要因素。也使他完成了很多非他莫属的戏剧界大事。比如，成功策划、组织了梅兰芳访美，又比如，他力排异议力挺梅兰芳接受两所美国大学授予的名誉文学博士头衔。外公对人说，他并不在乎博士的虚名，而是为了梅兰芳的尊严、人格和健康的心理状况，这对中国京剧跻身于世界戏剧之林也是有裨益的。

台湾学者张其昀先生在为《齐如山回忆录》作序中有一段话："齐先生为学、为文，都注重创造的精神。他在《人生经验谈》里有一段话，题曰'不由恒蹊'，他自称生平佩服这四个字。"外公对"不由恒蹊"的解释是：不走别人常走的路。他说："盖人生一世，若没有创造性，那是一点成就也不会有的。"

外公新编、改编剧本四十余出，戏剧专著三十余种，和梅兰芳合作时期以戏剧、剧本为主，抗战时期无戏可写，就改写民间文化、民俗、语言等方面内容。在北京时期共写了七百多万字。到台湾时已经七十多岁，没有带只字片语的资料，又写了二百多万字，又开始写剧本、培养青年演员。外公的一生，笔耕不辍，勤奋积累了学识。外公在事业上取得成就有诸多因素，但最根本的是兴趣，是他热爱戏。兴趣是学习和工作的最大动力。

1962 年 3 月 18 日，外公如往常一样，拄着拐杖前往台湾大鹏剧社看戏，剧社的第一排还留出一个位子作为外公的专座，那天台上演的是一出新排的剧目。看到中途，外公手中的拐杖不知怎的，滑落在地，遂弯腰去捡，却再也没有起身。这一年外公八十五岁，走完了他为戏而来，为戏而去的传奇一生。

去年秋天，我和表妹夫妇、表弟妹四人去台湾祭奠外公。外公墓地坐落在台北郊区阳明山的金山墓园。那天，天气阴沉，下着小雨，墓园更显得宁静肃穆。墓园除外公的墓地，还有三外公、三外婆的墓和两位舅舅的墓。我们在墓前献上鲜花，在大理石墓碑前三鞠躬，泪水不由得流了下来。在墓前久久伫立表达对他的怀念和景仰。陪同我们祭扫、专程从台中赶来的二舅的女儿齐克靖告诉我们，外公的墓朝着大陆的方向，盼着能回到故里，回到亲人身边，令我们不胜唏嘘。

（《作家文摘》2019 年总第 2268 期，摘自 2019 年 9 月 4 日《中华读书报》）

第四章 忠厚传家，诗书继世

公公丰子恺的仁爱之心

·丰南颖·

温柔悲悯的心态看世界

　　我们的公公（石门方言称祖父为公公）丰子恺一生中有过好几个名字，他出生后原名丰润，又叫丰仁。小时候父母亲为他取小名为"慈玉"，所以后来家里有些亲戚一直称呼他为"慈哥"。从小就以"仁"和"慈"为名的公公，确实有一副菩萨心肠，没有辜负这些名字。

　　公公的仁爱之心是自幼培养出来的。他是家里的长男，上面已有好几个姐姐，他的出生，在当时的封建社会环境里给全家带来了无限的欢喜。

　　小时候祖母溺爱他，父母亲宠爱他，姑姑和姐姐们也都疼爱他，他生性聪慧，不仅家人，连染坊里和家里雇来做事的人，比如"麻子三大伯"、褚老五、蒋五伯、红英、乐生、五哥哥，也都十分喜欢他。记得每当公公对我们说起他童年的经历，提到这些人，他的语调便会充满了温情和憧憬，显然公公从小便在大家的呵护关爱中长大。

这样温情的环境造就了他的性格，使他总以温柔悲悯的心态来看待世界上的各种事物，形成备受大家喜爱的简洁仁爱、纯真近人的文字和画风。

佛教对公公毕生无疑有重大的影响。公公曾对我们说起过，他小时候的学校设在一座庙的殿堂里，他曾经每天去庙里上课，常听和尚们敲木鱼念佛经，也与庙里的许多和尚相识。然而公公到了年近三十，深受早已剃度出家的恩师李叔同——弘一法师的影响，方才彻底悟觉佛道，皈依佛门。如今广泛流传的六册《护生画集》，图文并茂，淡雅朴实，寓意深远，便是出自公公和弘一法师两人共同萌发的弘扬佛教、劝善戒杀、提倡仁爱的宏大计划，由公公花了多年心血完成的。

抚养无血缘关系的外孙女

我和妹妹意青小时候在公公身边长大，常听到公公提起观音菩萨，看到公公画过不少观音菩萨的画像。

公公他还常常告诫我们："种瓜得瓜，种豆得豆。"他的一幅著名的漫画《种瓜得瓜》也阐明了这一观点，有瓜必有果，这是因果的自然关系，今生活着不做好事，即使今生不报应，下世一定会受到报应，我们听了不觉肃然。

他做好事的愿望，在他对待我们的一位嬢嬢养女的这件事上充分地体现了出来。"文革"前一年，有一天单身未婚的嬢嬢突然抱回家来一个女婴儿，我和妹妹记得她穿着一身天蓝色的小衣服，戴了一顶天蓝色的小帽子，如同一个大洋娃娃似的。年幼的我们以为这是个来玩的小客人。好多天过去了，这个小毛头一直待在我们家里，嬢嬢和家里的帮佣每天照管着她，喂她喝牛奶，我们心里不仅开始纳闷，她怎么没有和她的爸爸妈妈一起来我们家做客？我们脑子里出现了好多问题，便开始问公公婆婆怎么回事。

公公婆婆告诉我们，这是你们嬢嬢领养的孩子，我们听不明白，公公向我们解释说，这个小囡的爸爸妈妈不要她了，从现在起你们嬢嬢就当她的妈妈了。婆婆对我们说，领养的小孩就跟自家的孩子一样，她自己的妈妈不要她了，你们嬢嬢要了她，她就一直住在我们家里了。嬢嬢为这女婴取了名，还起了小名叫小明（公公去世后嬢嬢结了婚，小明也改了名）。公公婆婆也渐渐地承担起每天照管小明的责任。

记得小明小时候脾气大，公公和她坐在小方桌前玩的时候，她一发脾气就将一桌玩具全都推到地上，年迈的公公耐心地弯着腰，从地上一件一件地捡起来，有时小明等他捡完之后又一次淘气地哈哈笑着把玩具推到地上如同是在尽情地玩游戏似的，于是公公再次为她捡起来，即使重复几次，我们也没有听公公斥骂她过。公公对这个与他没有血缘关系的外孙女充满了怜悯之心，平时对她的起居饮食和对我们的同样关心。

非典型传统的仁慈想法

公公有些仁慈想法是非典型传统的，粗听上去便有些人难以接受。记得他对我们说过好几次，人活得长未必是件好事，比如说如果某人早一点去世，避免遇到接下去来临的不幸事件，少受痛苦折磨，便是件好事。从仁爱的角度来看，公公认为一个人宁愿早点在幸福平静的生活中去世，也不要晚点在受折磨和凌辱之后去世。抱着这样超脱的情怀，公公对于周围人们驾鹤西归的消息始终是冷静对待的，我们在他身边长大的日子里，目睹了他以非常理智的态度接受了友人们去世的消息，虽然我们也能感受到他在感情上是很悲伤的。

公公不但对人怀有博大的慈悲之心，他对动物的痛苦也深有感受。公公平时基本不吃肉但吃鱼，通常吃海鱼多于吃河鱼。他曾对我们说，海里的鱼一出水便死了，没有太多痛苦，是个慈悲一些的死法，因此他偏向于吃海鱼。他还对我们说，大闸蟹和龙虾，它们经历的是一个痛苦而缓慢的死亡过程。公公虽然非常爱吃大闸蟹，觉得海蟹的味道和情趣与大闸蟹无法媲美，但他心中对大闸蟹的受苦受难不乏内疚，只能本着一种眼不看见为净的态度，此事我们听他说起过多次，推想这始终是他心中的一段纠结。

培养一颗仁爱之心

对公公来说，与吃蟹这件"风雅的事"断绝关系非常困难，但很多其他的选择就容易多了。

他曾告诉我们，精制的羊羔皮皮质柔软细腻、毛色洁白、温和绵软，而且呈自然的卷曲状，好看也保暖，可是听说来源非常残忍。公公说，这样制作出来的衣服再好他也不要碰的。

公公的慈悲和护生并不拘于形式，他以自己修心为主，从不要求别人和他持同样的想法。但我们家里除了公公和妹妹基本吃素以外，其他人都吃荤，尤其是婆婆，她最爱吃大肥肉，每顿饭是无肉不欢的，记得家里经常有一大锅梅干菜炖肉，这是江浙地区的名菜，也是婆婆和我最喜爱的一道菜。公公从来没有要求或鼓励我们吃素，他屡次对我们强调，吃素不杀生的最终目的并不是为了保护动物，而是为了培养一颗仁爱之心，他认为有护生之心者必定会对人善良。

丰仁或慈玉，是个名副其实的仁义慈善者，他永远有一颗扶弱者之心。他的《护生画集》帮助推动人类走向了一个和平的世界。他的仁爱之心让人们对他肃然起敬。

（《作家文摘》2020 年总第 2300 期，摘自 2019 年 12 月 22 日《新民晚报》）

父亲钱穆

·钱易口述，徐蓓整理·

一家都是教师

我很小的时候受到父母的影响，开始对教育工作有了兴趣。

我们一家都是教师，我叔父、伯父是教师，我姨妈、舅父也是教师。我有三个哥哥一个妹妹，我们五兄妹全部都是教师。

我父亲钱穆是一位教历史的老师，他的人生道路很曲折。他出生在一个书香门第，曾经有过五世同堂的规模。但是我父亲十二岁时，我的祖父去世了，而且家道中落，我父亲中学还没有毕业就辍学了。于是，他开始做小学教师，后来又做中学教师。因为他对中国的文化历史兴趣浓厚，所以工作之余不断读书、写文章。他就是因为在苏州一所中学教书的时候写了一篇《刘向歆父子年谱》，受到了学术界的注意，特别是顾颉刚先生非常欣赏我父亲的那篇文章，特意来到苏州找我父亲，还对他说："你不适合再在中学教书了，我推荐你到北京的燕京大学去教书。"

由于种种原因，从 1948 年到 1980 年，我父亲和我们分开了三十多年。我童年记忆中印象很深的是，他的书房在走廊的尽头，他在家的大部分时间都是在书房里度过的，我母亲总要嘱咐我们，走路不要出声音，不要干扰你们爸爸写东西。我父亲给我的三个哥哥起名字，也很有寓意。大哥叫钱拙，"笨拙"的"拙"；二哥叫钱行，"行动"的"行"；三哥叫钱逊，"谦逊"的"逊"。这三个名字都不是那种很响亮、很光辉的名字，而都有鼓励孩子的含义。

父亲的爱国情怀

父亲 1948 年离开我们到广州去教书，1949 年到香港办了新亚书院。1963 年港英政府建议把新亚书院与崇基书院、联合书院合并成香港的一个大学，父亲非常赞成。他提了两个建议，一个是这个大学的名字叫香港中文大学，另一个是希望香港中文大学的校长都由中国人来担任。这足以表明父亲的爱国情怀。

1981 年，香港中文大学新亚书院的院长金耀基教授安排我的堂兄钱伟长和我去香港见了我父亲一面，那是我和父亲分开三十二年后第一次见面。钱伟长哥哥十二岁丧父，他基本是由我父亲带着长大的。钱伟长当初考清华大学考的是文科，大学入学考试时他的文科成绩比较好，物理不及格，英文水平也较差。"九一八事变"爆发后，他下决心要读理工科，走科技兴国的道路，他的举动感动了当时的物理系主任吴有训教授，吴教授说我给你一年的时间试读，看你这一年的成绩决定你能不能转到理工科，结果钱伟长这一年的成绩非常好，后来他在力学等方面作出了很多成就。他对我父亲说了自己做的事，我父亲听了觉得很欣慰。

钱氏家训

我与父亲第二次再见面，是在 1988 年。父亲 20 世纪 60 年代定居台湾，当时得了重病。正好那时台湾开放大陆同胞赴台探亲，因机缘巧合我成了大陆赴台探亲的第一人。那时父亲年逾九十，双目失明十一年，病重卧床两个月。我每晚陪在父亲身边，帮助老人洗澡、穿衣，利用这宝贵的机会为父亲尽孝心。父亲的病情好转，不仅恢复写作，还能接待客人了。

我们钱家有一个祖传的《钱氏家训》，其中有这样几句话："利在一身勿谋也，利在天下必谋之；利在一时固谋也，利在万世更谋之。"这几句话的意思是，每个人做事一定要看它有利于什么，如果这件事只有利于一个人，那就不能做，有利于天下的事才去做；如果是有利于当前一时的事，你要去做，但是有利于千秋万代的事你更要去做。我自己一辈子做了两件事，一件事是做教师，一件事是从事环保事业。我仔细想一想，这两件事都是利于天下，都是利在万世，都是有意义的事，所以我感到非常欣慰。

（《作家文摘》2020 年总第 2300 期，摘自 2019 年 9 月 27日《解放日报》）

公公汪静之

· 雁雁 ·

公公和姥姥，是我对外公和外婆的称呼，叫了一辈子，很顺口、很亲切。别人会觉得不对，有点儿南辕北辙了啊！为什么不是"姥爷姥姥"？因为他们是南方人啊。为什么不是"外公外婆"？因为我是北京人啊，因为同学都叫姥姥啊。我从小任性，姥姥随和便依了我，而公公坚持也就由了他。我们就是这样的一家人，随性。

"不可牺牲少年"

公公汪静之 1902 年出生，祖籍徽州绩溪八都余村人。姥姥符竹因 1903 年出生，杭州临平人。20 世纪 20 年代初，公公在浙江第一师范读书，姥姥在浙江女子师范读书，他们相恋在杭州西子湖畔。

恋爱时，公公曾在一天内给竹因投出十封爱情的信，引起校方关注，让竹因非常难堪，差点儿被开除。1924年4月4日，"湖畔诗社"成立纪念日那天，静之与竹因在武汉结婚。

公公朋友很多，姥姥相反不爱交际。公公说："除了湖畔诗社的几个朋友，竹因不同人来往。郁达夫和郭沫若都是到我家里来才见到的。胡适想见见让他侄儿相思致死的美人，她也没见。"胡适的侄儿玥思永是胡适三哥和佩声三姐的儿子，同静之从小也是一道的，他本来有肺病，喜欢竹因又不得，心绪郁闷总不利于病情，而所谓相思致死也是朋友间说说而已的吧？

1919年五四运动爆发时，公公在屯溪的徽州茶务学校读书。他接触了新文化运动和新文学期刊。公公爱诗，17岁已经写了很多旧体诗文。受到新潮思想影响，他学着用白话写新诗，写出几首，就寄给倡导新文学的同乡胡适，求指导。胡适很高兴地给小同乡回信："你能够写新诗我就很高兴，说明我提倡新诗这一点是很成功了。"胡适喜欢静之的诗"天真烂漫的孩子气"，静之自然是受到鼓励，便常写信寄诗给先生看。

公公讲过，一次给胡适先生写信，提到父母代订婚约，自己不认识也不愿意，如何是好。先生回信说："父母代订的婚姻，切勿遵命服从。必须自己选择，自由恋爱。婚姻问题，宁可牺牲老辈，不可牺牲少年！"静之感念先生身受母亲代定婚姻之苦，"由痛苦之心情结晶成两句珍宝般的良言：宁可牺牲老辈，不可牺牲少年！"在先生鼓励之下，他坚持拒绝了父母代订的婚姻。

"青年人有写恋爱诗的权利"

公公的爱情诗集《蕙的风》，白话新诗无拘束地放情歌唱，直抒爱情的欣喜和苦闷，纯清质朴，风靡文坛，亦掀起了巨大的反响。

朱自清说，《蕙的风》"向旧社会道德投了一颗猛烈无比的炸弹"。这颗炸弹不是激进的政治宣言，不是文学革命的呐喊，而是一本娇美清新的小诗集。公公回忆这段历史时这样说："家人爱我，老师爱我，同学爱我，朋友爱我，从来没有人骂过我。《蕙的风》出版，是我第一次被骂。"

公公也尊鲁迅先生为师。初时，公公给鲁迅写信附新诗，请求指教。先生评说："情感自然流露，天真而清新，是天籁，不是硬做出来的。"几次信中的话，有鼓励，有指出缺点，有谈新诗问题。1925年暑假，公公第一次见到了鲁迅："他穿一件破旧的蓝布长衫，有补丁，很肮脏，头发也不梳，好像脸也没有洗，全身都不整洁。第一眼看见，好像一个穷秀才。"那一次鲁迅先生对公公说："青年人有写恋爱诗的权利。"

做错事要"罚糖"

1986年3月19日，姥姥竹因病逝。公公曾对母亲说："你们的母亲是死于贫困……"

抗日战争时期和五六十年代，他们都很艰苦。我们家孙辈九个孩子，小时候都在姥姥家住过。我们的父母正有着非常时期的非常经历，公公姥姥接纳我们、保护我们，给予了我们家欢快和温暖。

公公特别爱吃酒酿，他会自己做。酒酿发到刚好时很甜，小孩子都能尝一口，醇醇的香甜，特好吃，那个味道总在我的记忆里，永远都不会消失。长大以后知道，姥姥不许公公喝酒，他就自己做酒酿来过把瘾。那时跟公公出去，他会在路边小店买一小罐甜酒酿给我当零食，我很享受，他自己却不吃。

在姥姥家，每天一次饭后发糖，每人一粒黄豆大小的，是那时的"奢侈"了。做错事要"罚糖"，表现好有奖励，罚糖的机会更多些，被罚的都会很难过，奖励难得，也会很得意。记得一次是什么地方闹水灾了，公公提议一个月不发糖，把糖钱捐给灾区，我们都赞同。晚饭后是全家一起聊天的时候，七嘴八舌，想到哪儿说到哪儿，特别热闹。有趣的是，最后要有一个总结，今天都说了些什么，从哪儿说起的，怎么就说到这儿了……最小的表弟小荣记性特好，会把当日话题的来龙去脉都讲出来，让大家吃惊。

最快乐的当然是跟着公公游西湖，孤山、白堤、苏堤、三潭印月、玉泉、龙井、灵隐寺、雷峰塔……一次去灵峰看梅花，公公说，从前梅树稀少，树上的花也稀少，要到幽深的地方去找才能看到，所以叫"灵峰探梅"，现在满山满坡都种了梅树，开满了花，根本不用探了。他还带我们去看每年一次的钱塘江大潮，公公说他年轻的时候年年都要去，他见过的钱塘潮，潮头有两丈高，像一堵长长的高高的墙横着移动，隆隆轰鸣，震天撼地。后来看到的钱塘潮，都没能有过公公讲述的那般景象了。

记忆中，公公在家里大部分时间是坐在书桌前的藤椅里，手里拿着一本书，微微地摇动着身躯，用古音轻声哼唱着似歌的韵律，这种时候是不能打扰的。公公 1996 年 10 月 10 日辞世。他们遗嘱将骨灰混合，撒在杭州西湖孤山的梅树下。诗人走了，留下了爱情。

（《作家文摘》2020 年总第 2303 期，摘自《传记文学》2020 年第 1 期）

五哥梅贻琦

·梅贻宝·

五哥喂糕干

我们一家兄弟五人，月涵（梅贻琦）居长，贻宝居末。因为"大排行"的关系，月涵的弟妹们都称他为"五哥"。五哥是我们大家庭的柱石，更是大家庭现代化的枢纽。

我们这个梅族，据家谱上说，乃是明成祖时代由江苏武进北迁，来负责驻防天津卫的。不过，到了清朝末叶，家道早已中落了。父亲的功名还是考来的，两位叔叔的，则都是捐来的。庚子年义和拳闹乱，阖家逃亡。赶到回来，则所有家业洗劫一空。贻宝恰巧此时出生，可谓生不逢辰。母亲乳水不足，则佐以糕干（成分大约是米面粉略放些糖而已）。当时五哥十岁有余，抱着婴孩贻宝喂糕干乃是他家庭劳作之一项。月涵寡言，举世皆知，即使家人聚首，亦无二致。然而，他曾屡次描述抱着我喂糕干这一幕。据我的心理分析，这是他对这还知自爱上进的小幺弟亲切满意的一种表达。最后提到喂糕干的一次，是1955年。当时五哥、五嫂住在纽约一间公寓，我在普林斯顿大学授课。有一天，我到纽约去看他们，不知怎的，话头又引到喂糕干了。那时他已耳顺之年，我亦年逾知命了。

从喂糕干到五哥回国这十几年，是我家近代史中最艰辛的一段。我一直到十几岁，恐怕是五哥回国以后，才穿到一件直接为我做的新袍子。家境虽然清苦，父亲却咬定牙，叫每个儿子受教育。后来天津开办了女子学校，他叫两个未出嫁的女儿亦上学校。五哥是我们的长兄，多少叔伯戚友劝父亲，等他保定高等学堂毕了业，就该叫他就业了。但是五哥努力上进，考取清华第一批留美，而父亲毫不迟疑地命他放洋。

1914年，五哥回国。父亲自认他那一套旧学旧识不合时宜，命诸子唯五哥之命是听。五哥立即把我送进南开中学，学费每月三元，交付不出。张伯苓校长因为是世交，而且五哥是他的得意门生，所以亦不催促，但亦未明言算作免费奖学金，乃以记账方式出之。转年，我考入清华中等科。我入清华当学生的那年，亦即是五哥入清华当教员的那年。在物理班上，他是我的业师。

五哥初入清华供职，另有三个弟弟在各中学读书，不久分别升入北京师大及清华高等科。这几年大家庭的费用、诸弟的教育费，全由五哥一人负担，大概还清偿了一部分家里的旧债。像五哥那样人品、那样资历，当时说媒保亲的，不计其数。他好几年概不为所动，显然是为顾虑全家大局而自我牺牲了。眼看五哥行年已近三十，幸而渐渐听说常往韩家坐坐，他同韩咏华女士 1920 年结婚，这就是我们的五嫂，清华同学们称之为梅师母。当时朋友们送喜联，好几副的上款把"月涵"题成了"悦韩"。

梅校长酒量可以的

在美求学时，五哥曾皈依基督教，信仰相当诚笃，回国来还在天津青年会服务一年。烟酒他是丝毫不沾的。入了清华，他的生活习惯渐渐从俗些，但亦还未听说开怀畅饮过。他做了清华校长以后，有一年校友返校节，学校在工字厅设宴款待返校校友，大家互柜让酒中，忽然有人倡议，各级依次向校长敬酒。每级集团敬酒都要求干杯，不干不退，校长只可照干。未料他老先生席散后自行迈步回家睡了一觉，起来继续招待宾客，当晚参加同乐会，若无事然。大家得了一大发现——"梅校长酒量可以的"。这恐怕亦是他自己在中年的一大发现。这个名声传出去以后，当然若干贪好杯中物的同志都要来讨教一番。五哥二三十年来在全国各地结交了不少的酒友，而且酒品极好，似乎人人都说他酒德甚高，称之曰"酒圣"。

五哥毕生从事中国高等教育，服务于"清华"将近五十年，其间亦经过若干的艰辛，受过可观的穷困。1945 年，美国国务院约请燕京大学指派教授一人，赴美报聘。教授会议推举我应邀，由成都起飞，道出昆明，在五哥、五嫂家里住了一夜。校长住宅倒也罢了，只是人口多些、挤些，晚饭实在太简单了。当晚只见祖彦侄闷闷不乐。临睡前给我搭了张行军床，借了条被，就设在五哥书桌前。他一面看学校公事，我们一面叙谈家常。我问到祖彦，五哥才说，两天前跑警报，彦侄把一副眼镜连盒给跑丢了。家里无钱给他再配一副，而他没有眼镜就不能念书，故而父子都觉十分窘困。

战后大家在北平复员，五哥一家搬回清华园校长住宅，住处是宽敞多了，但是伙食日用仍甚拮据。随后我们离开了北平，各自辗转到了美国。五哥从事保管"清华基金"，设置研究员名额以维持若干留美学人，"恢复《清华学报》"，并从旁协助华美协进社若干业务，而其自定生活费甚低，几乎无法维持生活。我的大侄女祖彬，几年来住美国洛杉矶。她除维持一个子女四人的家庭外，还挣扎着给大学研究生们打论文。这样赚来的辛苦钱，不时五块十块地寄给她母亲，贴补日用。我在美国比较有办法些，我偶尔给他寄张支票，有些兑取了，有些始终未兑。我想这不是他遗忘，他似乎自有分守，自有道理。

最后一次见面

1960年，五哥病倒的消息传到我处，我延至1961年春方得脱身来台，住了一个月，主要任务是陪五哥。他的病况那一阵的确好了些，后来听说祖彬侄自美来省视他，他那一阶段的病况又好些，可见一个人的心理确能影响他的生理。他自己更是乐观。教育部的部务幸而得以摆脱，但是学校的公事，他仍在床上批阅处理。适逢清华原子炉筹备已达最后阶段，咫日即可开炉应用，说是要请当局大员参加开炉典礼，他自己兴致勃勃地准备去新竹主持招待。我在离美以前就同若干医生谈论过五哥病况，到台北又听了高天成院长两次报道以及他的意见。我不得不承认五哥所染是不治之症，问题只是能延迟多久而已。五哥以及若干他人都表示乐观，在他的病床前，我曾婉转提过两点：一是设立梅月涵奖学金；一是立个遗嘱。对这两点，他毫无反应，我明白都非他所愿。他不许我为生人设奖学金，必是出诸谦虚，而并非忌讳。至于不立遗嘱，大概是因为既无遗产之可言，又何须遗嘱一举？

在我们离台前，有一天天朗气清，春风和畅，五哥的病况亦恢复到满意点，便叫汽车中午由医院开回金华街110号。路上他叫车夫绕道中华路，他很高兴地指给我们看新建的中华商场。我们家人聚餐，大概是吃了一顿烂面。饭后，他把家里三间屋子巡视了一周，叫我到书房看他的一套《大英百科全书》。柜橱里还存有各种好酒若干瓶，他看了看，然后向我点首微笑。上车回医院前，我给五哥、五嫂在汽车前面照了个相。不料回院后第二天，他感觉不支，并且又发起烧来。现在想来，那回家吃面的一天，怕是五哥卧病时期最健旺、最愉快的一天了。我们原定四月底离台，期近颇觉依恋，五哥竟亦明言叫我们多住两天，于是展到五月初才动身。临行到医院再看了他几分钟，我敏感今番作别，不同往常，强打精神说了几句淡而无味的安慰他的话。他呢，只点了点头，哼了几声。我们退出，登上汽车赴机场。果不其然，这就是我同五哥的永诀！

1962 年 5 月，在美国接获电报，说是五哥于 19 日与世长辞了，兄弟手足从今幽冥永隔了。

（《作家文摘》2020 年总第 2312 期，摘自《民国三大校长》，王云五、罗家伦等著，岳麓书社 2015 年 6 月出版）

铁墨盒引发的家族故事

·罗宏·

前些日子我在网上发现藏家于福辉先生的一篇博文《宴池启南铜墨盒之臆考与佐证》，说的是他收藏一方铜墨盒之后，多方考证墨盒主人的趣事：

这方同古堂的墨盒上的画稿采用写意的笔法，绘出一干左上向右下斜伸而出的梅枝和寥寥数片竹叶，落款为"允妹惠存宴池画兰题"。从落款看，此墨盒是某人赠送给被称为"允妹"的女士的礼物。

于先生多方考证之后，得出结论：这方墨盒是民国著名收藏家、画家、诗人凌宴池夫妇赠送给合肥张家四姐妹之二姐张允和的礼物。于是，我母系家族的一段趣话便浮现于世。原来这凌宴池是我表姨父，其夫人贺启兰是我表姨妈。

凌宴池夫妇

先说说表姨父凌宴池。他名叫凌霄凤（也有说凤霄），宴池是他的字。凌宴池祖籍江苏镇江，清代咸同年间，逃避太平天国之乱，祖父举家迁至海门。1892年，凌宴池出生于海门，其父凌见之是当地一位饱读诗书的富贵乡绅。故凌宴池受过良好教育，入读于江南高等商业学堂，是中国最早的商业科班生，后又留学日本。凌宴池后来就业银行界，成为民国著名的银行家，并广交名流雅士，吟诗作画，酷爱收藏，又以诗人、画家和收藏家名世，尤其收藏堪称一代大家。

凌宴池成为收藏大家当然和其银行家身份有关——有足够支撑收藏的财力，但更和他广泛的文化界交游以及自身的文化积淀有关，与常见的土豪收藏迥异。特别值得一提的是，1914年，他留学日本时结识了书画大师陈师曾，结为密友，回国后，与陈师曾、汤定之，姚华（茫父）结成"四宜社"，假北平中山公园四宜轩作画雅聚，成为当时北平书画界的一道风景，其文化积淀可见一斑。陈师曾、汤定之、姚华都是民国画坛的顶级大师。

专业辞典介绍说，凌宴池"能诗善画"，几个版本的美术史都将他列为民国画家，史料还有他们夫妻频频举办画展的记录，想来水准称"家"还是无愧的。

贺启兰出身于湖南望族善化贺氏家族。贺启兰之父贺家耀，早年留学日本，明治大学法律课毕业，回国后就职于司法部，派赴山东地方法院任法官。

贺启兰的弟弟贺益兴也留学日本，回国后在北京农业大学任教，娶国剧理论大师高阳齐如山先生的长女齐长为妻。

贺启兰系燕京大学毕业，其姐贺延祉毕业于北京女子师范学堂，嫁给凌宴池的同学、知名银行家、新月社和《晨报》的投资人黄子美。这样的家世背景和姻亲关系，可谓谈笑有鸿儒，往来无白丁，贺启兰无疑生长于民国最优秀的文化圈中。

贺启兰一生中似乎没有谋业，以凌宴池夫人名世，过着优渥的名媛生活。她写得一笔好字，在民国文人圈中享有盛名。那方铜墨盒是凌宴池作画、贺启兰题款便顺理成章。

凌海霞与张元和

说起民国的名媛圈，合肥张家四姐妹是突出代表。而凌宴池夫妇则在很大程度上影响了四姐妹的人生。凌宴池之妹凌海霞引发了一段故事。

凌海霞是个传奇女子，和所有的富家小姐一样，很小就识文断字，却不能开口说话，被视为哑巴，一直生活在无声世界。九岁的一天，她躲在阁楼看书，看到动情处，突然大声诵读出来。家人自然是又惊又喜，但她自己却吓坏了，几年才逐渐适应有声的世界。十六岁那年，她被送去学校读书，两年完成了小学学业。随后又在兄长的资助下读了六年师范，毕业于上海启明女校。经兄长凌宴池介绍，到苏州乐益女中任舍监。

这乐益女中就是四姐妹之父张冀牖倾其家产所创办。可见，凌宴池介绍妹妹去乐益女中，应该和张冀牖有交情。

也就是在任舍监期间，凌海霞走进了四姐妹的生活。"见她们灵巧活泼，深觉可爱"，尤其对张家大女儿，小自己十五岁的元和姑娘最喜爱。元和姑娘身体弱，还患了肺病，凌海霞"日夜料理她的汤药"，给失去亲生母亲又和继母关系不睦的元和姑娘母亲般的温暖。当时凌海霞三十二岁，没出嫁，是个老姑娘，索性就认了元和为干妹妹。有趣的是，凌海霞认元和为干妹，并没有和元和商量，显得有点霸道。元和居然也接受了，一口一个干姐地叫起来，如此一来，连带着元和的妹妹允和也跟着姐姐叫起来。大概因为张家四姐妹中，元和与允和的关系最亲密。

凌海霞不仅认了元和做干妹妹，还要元和认凌宴池夫妇为干兄嫂，元和也答应了，想见元和对凌海霞有很深的依恋。后人评价说，元和与凌海霞是亦姐亦母的关系，应该是靠谱的。元和在自传中，也说起过这段缘分，她生活中许多抉择，都与凌家兄妹的安排有关。

也许最大的抉择就是婚事。元和端庄秀丽，琴棋书画俱佳，尤其昆曲的造诣颇高。元和在苏州乐益中学毕业后入读上海大夏大学，凌海霞又去了大夏大学任女生指导。元和在大夏大学读书时，被誉为"大夏皇后"，求婚者络绎不绝，但都要过干姐凌海霞这道门槛，她对于那些追求元和的痴情男多有阻拦，结果元和三十岁还未嫁。但元和后来还是如愿以偿地嫁给了昆曲名家顾传玠，在当时这是下嫁。凌海霞也接受了。可见凌海霞干预是出于爱之心切，当她明白元和觅得真爱，还是能放手的。

不过后来又发生了凌海霞强行收养张元和长女的事，还把元和的女儿改姓凌。世人议论凌海霞霸道，不近情理，顾传玠也愤愤不平。但是张元和居然并不反感。

深切关爱

凌宴池夫妇不仅对张家四姐妹呵护有加，还涉及四姐妹的家庭。元和的三妹兆和，嫁给著名的文学家沈从文，后来沈从文到北京谋发展，得到凌宴池夫妇的慷慨接济。张兆和还在信中责备沈从文，不要太依赖于凌宴池夫妇的接济（见《沈从文家书》）。总之，凌宴池兄妹包括贺启兰，深深地介入张家姐妹的生活中。

再回到铜墨盒，1930 年，元和与允和就读于上海大夏大学，凌宴池夫妇亲笔书画为稿，在同古堂定制了三方铜墨盒，分别赠送给凌海霞、张元和与张允和，显示出兄嫂对妹妹们的深切关爱。

（《作家文摘》2020 年总第 2316 期，摘自《书屋》2018 年第 3 期）

四舅盛恩颐

· 孙世仁口述，密斯赵整理 ·

在盛宣怀的几个儿子中，最出名的可能就是我的堂舅盛恩颐——"盛老四"了。他出生在盛家的鼎盛时期，又是庄夫人亲生儿子，深得宠爱。也是这位四舅，亲眼见证了盛家家道凋零、亲人离散的整个过程。

大姑姑因为英语好嫁给了四舅

盛宣怀先后娶过三房正室，第三任庄夫人替他生了两个儿子一个女儿（其中一子夭折），盛恩颐排行老四。

盛宣怀对四舅寄予厚望，指望他能出国留学，有朝一日归来光宗耀祖。哪知四舅偏偏是个只爱玩乐不喜读书的人。他天生一副细长身板，面容清秀俊俏。四舅的脾气也好，出手大方，赌钱时明知被人"抬轿子"（联合起来作弊），也常常不计较。

见儿子整日游手好闲，盛宣怀就想着给他找一房懂洋文的媳妇，到时候陪着一起去英国留学，这样儿子再笨也能学会英语了。那时候商圈与政界联姻的多，盛宣怀在物色儿媳时第一个想到的，就是人称"一等好亲家"的民国总理孙宝琦（我祖父）家。

1902年，我祖父就任法国公使（兼西班牙公使）的时候，是带着三个女儿一起去的。盛宣怀看中的就是我那三个出过洋的姑姑，尤其是大姑姑孙用慧（我父亲的长姐），英语、法语、西班牙语都懂，还给慈禧做过翻译官。

大姑姑嫁绐盛恩颐的第二年（1911年），就生了个大胖儿子，次年又得了女儿。那年盛家四喜临门，都说是娶了贤淑媳妇带来的好运，盛宣怀高兴得不得了。

两年后，四舅和大姑姑带着儿女启程赴伦敦留学，算是实现了盛宣怀的梦想。可是四舅依旧玩乐至上，根本没有因此而收心。

四舅的败家成了众所周知的秘密

1915年，盛宣怀最喜欢的孙女、大姑姑和四舅的女儿瑞云小姐病逝。盛宣怀伤心过度，从此病倒，第二年就去世了。从此，盛家直转运下，一落千丈。

先是没了女儿，接着又没了父亲，四舅更加沉迷于吃喝玩乐，最后甚至发展到赌博嫖妓。他想借此释放压力，哪知一释放就再也收不回来了。据说那段日子，四舅白天睡大觉，到下午四五点才起床。起床后就要用钱，这时间银行都关门了，就在家里随便找一件古董，拿到当铺里当掉换钱，等到第二天天亮银行开门，再派人去取钱，把当铺里的古董赎回来。他在跑马场养了七十五匹马还不过瘾，又买了上海第一部奔驰进口轿车。平时出入随身保镖要有四人，舞厅舞伴也要有四人……如此这般折腾，四舅的败家渐渐成了众所周知的秘密。

四舅不仅挥金如土，还沉迷于赌博。他曾在一夜之间把北京路黄河路一带、有一百多幢房子的弄堂，整个儿输给了浙江总督卢永祥的儿子卢小嘉。当"盛老四"的名号频频出现在小报上时，大姑姑才如梦方醒。有一天我外婆（张钟秀）来到东花厅，见大姑姑正在抹眼泪，赶忙安慰说："你不要太伤心了，有钱人家的少爷有外室也是很正常的。"大姑姑一边哭一边说："真是要好好管牢老四了。"此后，外婆常去东花厅安慰大姑姑。大姑姑为了这事，还请了算命先生来"指点迷津"，结果却被告知"盛老四的桃花运要交一辈子"。大姑姑长叹一声，从此不再去管四舅了。

在苏州祠堂结束了一生

庄夫人在世时，对四舅百依百顺，明知他败家，却从不劝阻他。1927 年庄夫人去世后，没了主心骨的盛家越发衰败，只能靠外婆和大姑姑两个女人苦苦撑着。

大姑姑后来离开盛家花园，搬去了万航渡路上的一栋花园洋房里居住。她心力交瘁，五十多岁便郁郁而终。

至于我那穷奢极欲的四舅，也没落到好下场。他分到的家产在抗战胜利前就败得差不多了，后来甚至于要向自己的儿子伸手要钱。盛家的房产只剩下苏州留园门口的四间祠堂，这儿成为四舅晚年的栖身之处。1957年秋冬之交，四舅第三次中风，他的儿子们找来了一个还有点情义的姨太太前来照顾他。可没过几个月，四舅就突发脑出血，死在盛家祠堂里。

（《作家文摘》2019年总第2198期，摘自《上海滩》2018年第12期）

胡蝶迷

·琦君·

二　妈

　　像我这样年龄的人，中学时代，没有不迷电影明星的。我们三五个要好同学，积下点零用钱，就是买女明星照片，买电影专刊，轮流观赏。直到阮玲玉忽然自杀了，我们全班同学都惊傻了。那一天，我上课都没心思。于是我们几个胡蝶迷转过来为胡蝶担起忧来，胡蝶不会自杀吧？

　　回来问母亲，她说："胡蝶不会短命的，看她照片就是个端端庄庄的有福之人。不像阮玲玉，下巴尖尖的，那么瘦，就是副薄命相。"母亲根本没看过一部她们演的电影，她的电影知识都是我给灌输的。

　　胡蝶主演的片子，我是每部必看的。其实我哪有钱看电影，都是我家的二妈带我去看的。原来二妈也是胡蝶迷。每天打开报纸，总是先看电影广告，如果有胡蝶主演的片子，她马上笑逐颜开，人也显得和气起来。我站在一边，胆子也会大一点了，因为我们彼此心中有个同样的胡蝶，好像心灵都相互沟通了。放下报纸，她总会笑嘻嘻地对我说："今晚带你看电影去。"我这两天就快乐得不得了，并不只因为有胡蝶的电影看，是因为二妈对我和气，有说有笑。

同学们也替我高兴，等着我第二天讲电影情节给她们听。两个小时的电影，我可以讲上三四个小时。因为胡蝶在哪一幕穿什么衣服，哪一幕戴什么耳环，都一点不漏地形容，她们也不厌其烦地耐心听。

冯老师

《啼笑因缘》上演的时候，全城轰动，明星电影公司出了特刊。我们立刻合资买来，在国文课时传来传去偷看。被和蔼的冯老师看见了，收去放在讲台上，立刻停止讲课，叫全班同学念十遍《史可法覆多尔衮书》，念完了要背。

他自己坐下，捧起《啼笑因缘》专刊慢慢看起来，看得好入神啊。下课铃响了，他都没听见，也没要我们背书。我们一拥上前，要求他把专刊还给我们，他笑眯眯地说："你们放心，我不会把它交到训导处的，明天冯先生看完了就还给你们。"冯先生光秃秃的头顶上只浮着稀稀疏疏几根白发，原来他也是胡蝶迷。他说师母在世的时候，最喜欢拉他看电影，现在他不看了。他说这话时，眼神像快乐也像悲伤。

第二天上课时，他把专刊还给我们，从《啼笑因缘》里的浑蛋大帅，说到军阀的祸国殃民；从樊家树沈凤喜的纯洁爱情，说到少男少女的婚姻。我们才知道冯先生虽已年逾花甲，却是个有新思想的人。他又夸胡蝶演技好，教养好，是个表里一致的正派女明星，将来一定有好归宿。

胡　蝶

到台湾以后，倒是没想到，有一回在文友张明大姊家，意外地见到胡蝶，那一分惊喜兴奋无法形容，立刻上前拉着她的手，絮絮叨叨地对她说了好多倾慕的话，仿佛自己一下子又回到天真的少女时代。她那时已年逾花甲，我也是望六的老影迷。看她雍容大方，风华依旧，尤其是颊上那一对迷人酒窝，和当年一样的若隐若现。她态度亲切，谈吐风趣坦率。

她从提包中取出一张《锁麟囊》的剧照，签了字送给我，她的亲笔签名，没想到要在几十年后才获得。想起民国二十几年时，杭州里西湖开了一个豪华的蝶来饭店，老板是以胡蝶、徐来命名的，落成开幕之日，特请胡蝶、徐来两位影星来剪彩，那又是轰动杭州全城的事。我们几个同学手中各持她们二人的照片，一早就等候在蝶来饭店外面，遥远地望着汽车停下来，两位美人被前呼后拥地进去了，我们女生胆子小，力气小，连她们的脸都没看清楚，莫说请她们签名了。这段往事，此时居然有机会当面对胡蝶叙述，而且大家都已步入老年，真有他乡遇故旧的欢愉。

时光已飞逝了将近半个世纪，胡蝶的生活也由绚烂趋于平淡，听她谈家居生活也格外有趣。邻居们听说大明星胡蝶来了，都纷纷要来一睹风采。她风趣地说："五块钱门票看一看的！年轻时是十块，现在老了是半价。"逗得大家都笑了。讲起夫妻相处之道，她说她先生有事不开心时，把脸拉下来，她也不和他吵，只把一面镜子拿给他，问他："看看这样的脸，逗不逗人喜欢？"她先生也不禁莞尔了。可见她性情的和蔼。

（《作家文摘》2020 年总第 2333 期，摘自《青灯有味似儿时》，琦君著，国际文化出版公司 2014 年 1 月出版）

梦见父亲

·余光中·

　　抗战初期，母亲带我出入于沦陷区，备历惊险，母子同命，片刻不离，所以母子之间的亲切远胜于父子之间。

　　近四五年来，我常常梦见父亲，却从未梦见母亲，不知她是否藏在潜意识更深处，轻易不会出现。五十八年前（本文写于 2016 年），她在台大医院临终前曾经嘱咐我："好好照顾你父亲。"

战乱流离

　　父亲曾经做过安溪县县长，也在永春县做过教育局局长。他认识母亲，是在教育局局长任内：当时父亲的普通话还说不清，更不懂从江苏派来的师范毕业生，也就是母亲，那一口江南腔的常州话。不过有情人终于超越了方言之阻，成了眷属。父亲早年在国民党的"海外部"任职，后来转入"侨务委员会"，多年担任"常务委员"，清高而又低薪，每月只有五百新台币，而我台大毕业后在军中服役，担任"编译官"，月薪却有八百。

1949 年，我随父母从厦门去了香港，做了一整年的难民。香港大学的学制异于内地，我也不愿考进去，做港英政府的准公务员。冥冥之中，我知道自己将来会做作家。有一次我偶然发现苏联发行的一份英文月刊，英译的却是中国新文学的评析，便将之译成中文，投给香港版的《大公报》，竟得了五十元港币的稿费。我即买了三罐 555 牌的香烟送给父亲。

父亲认为我的大学教育因战乱而停顿了一年，应该继续，以竟全功。1950 年自港迁台，父亲就命我去台大考插班。当时我心灰意懒、前途未卜，以为不如离家工作，何必再入大学。同时，台大的师资会越过北大吗？何必退求其次。但父亲的美意不忍遽拂，终于还是报考了大学。

但是学籍乃有问题。1949 年从厦门大学去了香港，父亲就坚持要我向厦大索取转学证书。证书到手，日期标的是 1949 年。台北师范大学干脆拒绝我申请考插班大二；台大的各院院长一字排开，审查考生资格。法学院长萨孟武只一瞥我的"伪证件"，就嚷道："凭这证件，我非但不能接受申请，还要劝你把它收起，不得招摇！"我大吃一惊，正进退两难，旁边的文学院长沈刚伯却把证件过目，说"这是非常时期，不妨通融"。凭了这句话，我终于进入台大，插班外文系三年级。

"父不知子，子不知父"

妻子我存一连生了四个女儿，做祖父的未曾一言表示失望。母亲逝世后父亲一直不再娶，才得长保家庭和谐。我存主持家务，她的革新父亲一概承受。终于多病的他，虽然长寿，却苦于风湿、失明、行动不便，只能靠一架收音机听一些新闻。我想他是深深怀念着逝世多年的亡妻的，但是并不常提起。

这时我应该做却错过未做的，是坐在他的床边，陪他说话，甚至说些故事，回忆往事。他数度问我，是否做了中山大学的文学院长，似乎以此为荣。我却淡然回应，连更多的荣誉也不曾向他解释。我应该做的，是抱住他瘦削的病躯，亲吻他的耳朵，告诉他不要怕，我在这里，不会走开。相信这样的接触，他的恐惧和痛苦就会解脱了一半。

《琅琊榜》里，在狱中服毒自尽的祁王，临终时叹说："父不知子，子不知父！"父亲一生爱我，却不知我；我爱父亲，却也不知父亲。父子之间有代沟，并不足怪。我和父亲少有亲近，当然互不了解。

在我中学时代，父亲见我不苟言笑，不擅交际，曾对母亲说："这孩子太内向了，不如去改读艺术系。"他大概以为艺术系的学生才够"浪漫"。这令我啼笑皆非。

而在我这方面，许多事情也是后来自己身为人父之后才能参透人情世故，终能领悟，并且体会父亲对我的自私、自傲有多么宽容。

父亲十分长寿，到九十七岁才溘然辞世。母亲只享年五十三岁，父亲高寿，又大她十岁，所以做了三十四年的鳏夫。

（《作家文摘》2019年总第2247期，摘自《时间的乡愁》，余光中著，中国友谊出版公司2019年5月出版）

合肥张家手工杂志《水》 浸润了张家百年岁月

· 林文俏 ·

今年 8 月，一份叫《水》的杂志迎来它九十岁生日。这是一份一个家族写自家之事、给自家人看的手工杂志，创办者是中国家喻户晓的合肥张家四姐妹。它如一泓清水，浸润了张家一百多年的岁月。

从创刊到复刊

张家姐弟的少年是在苏州九如巷度过的。九如巷张家院子有一口老井，因为此井，少年时代的张家四姐妹十分喜好水，成立"水社"，1929 年 8 月创办了社刊《水》，发表自己稚嫩的作品。后来，张家六兄弟一起加入。

哪怕是抗战初期，这个刊物也在张家传递着。张家大弟张宗和日记里有不少关于《水》的记载："1930年11月17日，我最近做好一篇《星期六的下午》，预备这一期《水》的稿子。抄了十二张才抄完，抄得我手都酸了。""1931年7月2日，上午拼命写蜡纸，一共印了十九张。照这样下去，不到一星期，我们的《水》的选文就可以产生了。"但是，后来，战争来了，《水》停刊了。

20世纪90年代初，为传承先人品格与家风，畅通家族血脉经络，耄耋之年的张允和向亲人们发出复刊《水》的倡议信，得到热烈响应。复刊词这样写道：

……如今，我们的"如花岁月"都过去了。但是，"人得多情人不老，多情到老情更好"，我们有下一代、下下一代。我们像细水长流的水一样，由点点滴滴的细水，流到小溪——流到小河——流到大江——汇入汪洋的大海！

1996年2月，《水》复刊号第一期面世。集打印稿、刻印稿、复印稿、照相稿于一册，只印二十五份。三联书店原总经理范用获赠一册后，惊呼：八十七岁的老太太主编一本仅"发行"二十五册的杂志，二十一世纪一大奇迹也！他为《水》写了《〈水〉之歌》短文，发表在《光明日报》和《香港文学》上。范用汇去十五元作为第一、二期订费，说"请接受我做它的'长期订户'"，但是被张家婉言谢绝了。出版家叶至善撰文推介这份家庭小杂志。巴金每期必看，甚至在住址有变化时，没忘立即打电话通知"编辑部"把《水》邮寄到新地址。《水》不胫而走，传阅范围已经穿越了国界，远及欧美。发行数量也由复刊之初的二十五份增至数百份。

篇篇耐读

《水》的文章几乎篇篇耐读。沈红在《奶奶的花园》中深情记述了一场特殊的送行：

11 年前的 5 月，奶奶率全家送爷爷回湘西凤凰故乡。那一次，伴爷爷骨灰一同贴山近水的，是奶奶积攒了四年的花瓣。奶奶站在虹桥上，目送爸爸和我乘舟顺沱江而下，小船身后漂起一道美丽花带，从水门口漂到南华山脚下。

苏州市档案馆唯有一本《水》，即 2001 年 4 月 30 日出的复刊第 16 期。其中有一篇"为悼念因病于 2000 年 12 月 2 日逝世的张家老朋友卞之琳"而刊发的文章——卞之琳生前所作的《合璧记趣》。卞之琳在该文中讲述了一个"信稿"合璧的故事：

1953 年他到苏州，被安排住进张充和当年的闺房。偶翻空抽屉，赫然瞥见一束无人过问的字稿。字稿是师从沈尹默学习诗文的张充和寄给老师指点修改的几阕词文，沈圈注后又寄还充和。"当即取走保存。"卞之琳在文中对彼时重逢那娟秀笔迹的喜悦一带而过，却用一句"多年后……却还幸存"，道尽对这些字稿的珍爱。1980 年卞之琳访美，将那字稿随身携带。因为他知道，他会与那个曾经迷恋过的女子重逢。恰巧充和手头留有沈尹默随字稿所寄原信。一封信一字稿，经三十多年流散，在异国重又璧合，是为《合璧记趣》的由来。

信稿合璧时的卞之琳与张充和，都已是古稀老人，再见故恋相逢一笑，确实应该以趣记之。但念及前者对后者长达二十多年的未果苦恋，怎能不让人感慨于"记趣"背后的无奈。

2009 年，《水》创刊 80 周年，安徽文艺出版社出版了张允和和张兆和编辑的《〈水〉——张家十姐弟的故事》。整理编辑了现存的在《水》刊发过的几乎所有文章，并配以大量的图片，按主题不同分为 8 卷。

解开难题

《水》也解决了笔者关于刘文典研究的一个难题。

广为流传的"跑警报事件"是这样说的：抗战时有一次昆明警报响起，国学大师刘文典看到视力不佳的陈寅恪，架起他就向外跑，一边跑一边喊："保存国粹要紧！"刘文典看到沈从文也在人群里，便上前呵斥道："陈先生跑是为了保存国粹，我跑是为了保存《庄子》。可是你什么用都没有，跑什么啊！""评教授事件"，则是讲刘文典曾说："陈寅恪才是真正的教授，他该拿四百块钱，我该拿四十块钱，朱自清该拿四块钱。可我不给沈从文四毛钱！"

笔者对此传闻一直怀疑，却找不到足够证据否定它们。去年一日，刘文典次子刘平章从昆明给我寄来《水》发表的两文。一文叫"另一次会面"，作者落名是沈虎雏（沈从文次子）。文章写到1945年的一天，沈从文领着他来到一户人家：

主人微微欠起身，对爸爸似乎说："呃，嗯。"爸爸不解，没开腔，我知道他仍然抿嘴含笑。老先生暂时放下家伙，伸出指头比画着："二、五……"他操着浓重合肥腔，比我合肥妈妈舅舅口音土得多。主人两眼在昏暗中闪光。老先生提出问题，不急于解答。爸爸和我都竖起耳朵倾听。"我孩子找到答案，上下嘴唇，是二！"爸爸会心地笑出了声，老先生精神来了，笑得开心……走出那户人家后，我说这伯伯真有趣，爸爸说"他书读得好"……近些年，涉及西南联大掌故文章，常提到当年昆明流传国学大师刘文典教授看不起沈从文的笑话……作为沈从文家人，我跟其他读者一样对这些故事充满兴趣，毫无屈辱感。除了欣赏两位主人公的鲜明个性，还隐隐约约记得那次拜访的正是刘文典伯伯。我见证了两位文人独特个性的另一面，那些掌故记录者、转述者从没听说过。

沈虎雏在文末说：

我去的那次，至少是爸爸第二回主动登门了。

沈从文第一次拜访刘文典，则记述在《水》发表的第二篇文章。该文叫"一位稀里糊涂的和事佬"。文章落名是沈龙朱（沈从文长子）。写到沈龙朱的十舅张中和去刘文典家认亲的情况。文章说：

据十舅说，刘先生对他这个小表弟还是很在意的。有两件事足可以证明，一是刘先生夫妇下乡时，把家门钥匙交付十舅；另外，还主动给十舅介绍了一份挺不错的家馆（家教）。认亲的第二天，十舅就高高兴兴来到我家，向爸爸妈妈汇报了经过……爸爸说："我们去看看他吧！"妈妈说"好！"于是，第二天十舅就陪他们去了刘家。记得妈妈还带去了一些好茶叶。

……爸爸妈妈始终微笑着，却没说什么话。在刘家烟雾缭绕的斗室里，气氛倒是十分"和谐"。

但沈龙朱在该文后的附注声明：该文不是他写的，而是他十舅张中和冒充化身份写的，但是讲的都是事实。

其实，历史长期湮没的一个事实是，张宗和的妻子刘文思正是刘文典堂妹。2018 年 11 月，张宗和女儿张以立民偕子张致陶与刘文典次子刘平章在昆明首次相聚认亲。张以立民发文细述了表兄妹认亲情景，谈到《水》的文章所记述的沈从文与刘文典见面的史实，说：

由此可以证明 1945 年 9 月以前，二人并未见面，所谓"跑警报"纯属无稽之谈！至于"刘沈不和"，更是坊间好事者茶余饭后无中生有编造的笑谈而已。

（《作家文摘》2019 年总第 2261 期，摘自 2019 年 8 月 11 日《解放日报》）

金盾背后：马来西亚抗日往事

·尤今·

1941年12月，日军入侵怡保。那一年，陈陶然（尤今母亲）十六岁。经营树胶业的陈同福（尤今外祖父），为了避免和日军合作，当机立断地结束了生意。

交　易

陈同福关闭了树胶厂，一家七口靠着过去的积蓄生活。可是，只有支出，没有收入，毕竟不是办法。

陈同福平日不爱应酬，朋友不多；倒是潘君莪（尤今外祖母），性格开朗，朋友极多。有一天，家里忽然来了一个客人。潘君莪招呼着说："啊，严嫂，什么风把你吹来了啊？"严嫂压低嗓子，用一种近乎鬼祟的语调对潘君莪说道："我们进房去谈吧！"两个人在房里嘀嘀咕咕地谈了老半天。

原来严嫂是找潘君莪"合作"的。她不知从哪儿弄来了许多金盾，想要脱手。她说，这是别人托她卖的，每卖一枚，便可得到百分之五的佣金。她知道潘君莪交游广阔，又和许多金庄的老板相熟，因此，允诺潘君莪，如果能助她卖掉金盾，佣金便两人平分。潘君莪喜滋滋地说："这可是无本生意哪！"

那些金盾，小巧玲珑，易于收藏，是战争时期最好的保值品。严嫂交给潘君莪那一小袋金盾，不到一个星期，便卖完了。过了不久，严嫂居然又送了另一小袋金盾来托卖。就这样，卖了一小批，又来一小批，像涓涓长流的细水。

金盾卖得非常顺手，渐渐地，有些人偷偷拿来了钻石、珍珠、宝石、玉石等戒指项链手镯，托潘君莪卖。慢慢地，潘君莪觉得分身乏术，便把部分重担移交给长女陈陶然。她在陈陶然的衣服内层缝了一个秘密的口袋，把首饰藏在里面，然后嘱咐她骑着自行车把首饰送去给买主看。

靠转售金盾和首饰，家里的经济慢慢地变得宽裕了。有时，潘君莪从黑市弄来了一些猪肉、鸡肉或羊肉来宠宠大家的味蕾，饭桌上的气氛简直可以用"喜气洋洋"四字来形容。

被　捕

就在大家以为生活渐入佳境的时候，晴天里震耳欲聋的霹雳，出其不意地响起了。

有一天傍晚，一家子正围桌用餐时，突然传来粗暴而又急促的敲门声。陈同福搁下筷子赶去开门，门外赫然站着几名日本兵，一开口便要找"莪姨"。他们脸色阴沉、眼神凶狠地表示，日本宪兵部要传"莪姨"去问话，要她帮助调查某桩重要的事项。连鞋子也不让她换，她脚跐一双拖鞋，便让他们给押走了。

陈同福一关上大门，马上拨电联络马伯伯。马伯伯是陈同福的莫逆之交，战事爆发之前，他是邻镇的镇长，日军占领马来西亚后，强迫他与日军合作，出来安抚市民。他虚与委蛇，暗地里却处处对同胞伸出援手。

终于，在深夜时分，联系上了马伯伯。马伯伯实事求是地说，有钱能使鬼推磨，现在能救出母亲的，就唯有钱了。陈同福依言，取出所有的积蓄，再东奔西走，向亲戚朋友筹借了一大笔款项，买了一条价值不菲的钻石项链，由马伯伯送给那个大权在握的宪兵队队长。

两天后，潘君莪便被释放出来了，脸上的皱纹一条一条，清清楚楚，整张脸看起来像一团白线。至于严嫂，就没有那么幸运了，她被关在牢狱里，一直到和平后才释放出来，整个人像是个有呼吸的活死人，也不知道在狱里遭了多少折磨。

事后，马伯伯向陈同福透露，这一回连同潘君莪一起被捕的，还有其他二十多个人，全是靠卖金盾赚取佣金的人。日军其实早就暗中注意并跟踪这一批人了，他们怀疑幕后有一个庞大的组织在操纵金盾的买卖，他们急欲知道幕后主使者的身份。然而，像严嫂这一批人是完全不知道内情的。

真 相

第二次世界大战结束后，陈陶然与抗日英雄谭显炎共浴爱河。有一回，谭显炎与陈陶然聊起了抗日一些令人难忘的事迹时，说："那时，联军在市中心开设了一间杂货店，以此充作地下工作的联络站。经营杂货店的经费，全都是通过售卖金盾而得来的！""金盾？"陈陶然的眸子变成了铜铃。

"是啊！售卖金盾。联军总部发出大量的金盾，秘密着人送到市区去，九曲十八弯地辗转找人售卖，用卖得的钱来换取日本军用票。"谭显炎侃侃地说道，"不过，那是抗战初期的事，过后我们就不再靠这些货真价实的金盾了。联军在印度印制了大量的日本伪钞，大批大批地由潜水艇运来马来西亚，偷运上岸。伪钞一箱一箩源源而来，取之不尽，用之不竭呢！"谭显炎说着，露出了得意的微笑。

啊，谜底终于揭开了！这就是日本宪兵部千方百计要从潘君荛和严嫂等人口中套出来而她们却一无所知的秘密——藏在金盾里的秘密！

（《作家文摘》2018年总第2122期，摘自《战地日记与父亲》，［新加坡］尤今编著，广西师范大学出版社2018年1月出版）

原加拿大首位华裔总督伍冰枝：从香港逃到加拿大

·赵彦华译·

父亲从赛马场走向战场

我 1939 年出生在香港，父亲有一部分澳大利亚海外华人的血统，母亲出嫁前的大部分时间是在荷属圭亚（今苏里南）、爪哇（今印尼）等地区度过的。作为从这种模糊的背景下走出来的中国人，仍然对身份有着高度的认同感，父母亲都拥有英文和中文名字。一直到母亲去世，虽然明知称自己是英国人会减少鄙视，但她从来没有对别人说过"英国人"这个词。父亲作为一名优秀的骑手，在香港赛马俱乐部以他特有的活力登上了社会阶梯。三岁以前，我的生活是舒适的——我们家在香港布鲁姆路有一个双层露天花园，家中至少雇用了五个以上的用人，包括司机和厨师。

1941 年 12 月 11 日，父母正在酒店跳舞，突然得到日本人已入侵香港的消息，二人急忙跑回家。因为父亲必须加入他的民兵分队——皇家香港军团，做志愿人员，他穿上制服，骑上摩托车就消失了。

在日军轰炸香港期间，我不知道父亲在哪里。当母亲意识到 12 月 12 日上午战争开始的现实后，她从浴室窗户向外看去，好像有一只巨大的青蛙在花园里，而实际上那是一个伪装的日本兵。我们赶忙躲藏起来。

父亲在战斗中成为一名志愿民兵一等兵，后来，我们除了知道他骑着摩托车在各地传送情报的故事外，关于他所做的一切，他自己从来没有谈论过。他和他的朋友威利是志愿者中为数不多的两个中国人，因为父亲表现很勇敢，英国政府授予他一枚军事奖章，这是颁发给非现役军官的最高奖章。

随着战争的继续，有一张字条从一个藏身之地传到另一个藏身之地，这张字条告诉大家，英国已派出海军舰队来拯救我们，这使大家的心中燃起了希望。但舰队却一直未到来。1941 年圣诞节那天，香港沦陷了。父亲通过莫尔斯电码获知消息后，随即告诉了他的上司。这位高级军官既惋惜又遗憾地对他说："你和威利最好离开这里，因为我们都将被捕并被关在一个集中营里。但是，如果看到你是中国人，他们不会打扰集中营，而是会直接杀了你。"得到上级指挥官的准许，父亲和威利设法搞到几件中式服装，然后就从香港的街道上消失了。

母亲的抑郁症终身未愈

在日本人的占领下，我们在香港生活了六个月，这是屈辱、困难和惊恐的六个月。父亲说，我们必须离开香港，最好是到澳大利亚，在那里有他的母亲及兄弟姐妹，但是太平洋战争已经阻断了这条去路。

后来，父亲写信给几位加拿大贸易专员，向他们寻求帮助。1942 年 6 月的一个晚上，突然有人大声地敲门，父母惊恐地打开门，原来是日本的宪兵队，他们对父亲说："你在红十字会被交换的名单中。明天黎明，你们家每人只能拎一个手提箱在斯坦利码头等候。"这时离黎明只有不到十个小时的时间，在这几个时辰内，或去或留父母必须做出决定。他们谈了一夜，最后还是外婆坚持要我们走。当时香港的状况已经变得十分可怕——几乎没有任何食品，许多人逃到了大陆，整个香港就像是一座鬼城，我们绝望了。

第二天早晨，我们一家赶往斯坦利码头。在那里大约有三百人，我们被告知，将被一对一地交换到莫桑比克的一块中立领土上，然后换乘另一艘船到北美。

我们乘坐的是日本船"浅间丸号"，船上还载着一些西方外交官、宗教界领袖。由于名字的缘故，我们被奇迹般地安排在了加拿大人的名单里。

船上不但拥挤不堪，食物也糟糕透顶。有一次，大家刚领到一碗燕麦粥，突然一个妇女气喘吁吁地说："看！有死虫子。"母亲低头一看，原来我们的食物里充满了白色的蛆……这些痛苦的经历给母亲带来了巨大的心灵创伤，在香港被占领后，母亲就得了抑郁症，以后再也没有治愈。

轮船首先把我们带到西贡，然后到了新加坡。在每个港口，都有更多的人上船。而且这时日本空军还要拿我们进行军事演习，轰炸机和战斗机对我们所乘的船咆哮几个小时，低空飞行，在轮船上空盘旋多次。传达的信息是显而易见的：告诉我们当到达北美的时候，日本人已经准备征服一切了。

轮船辗转抵达加拿大后，我们住进渥太华市苏塞克斯街"我们的小房子"里，夜晚当我躺在床上的时候，通常能听到父亲快速打字的声音。他告诉我说，他正在写一部关于他在香港经历的小说。由于这场可怕的战争，我们被迫逃难来到加拿大，尽管我们不想成为加拿大人。多年以后当我读这些文字的时候，仍禁不住为我们所经历过的可怕的剥夺、饥饿和恐惧而深深震动。

（《作家文摘》2018年总第2133期，摘自《各界》2018年第4期）

父亲这一生

·二月河·

两地分居

　　我真正"认得"父亲，是在 1953 年之后。我幼儿时期父亲在陕州军分区。那时，母亲在陕县公安局。父母亲同在一城，每星期可能只有一次见面，吃住都不在一起，各干各的工作。这在今天似乎有点不可思议，但却是那时的普遍现象。后来，陕州军分区撤销，并入洛阳军分区，父亲就调到了洛阳。

　　父亲是个讲吃不讲穿的，这是我到洛阳对他的第一印象。我长期跟着母亲，几乎不怎么见到他。母亲在栾川，父亲见到我，对我很温和。但我觉得他是"外人"，坚决不允许他"上我们的床"——这事直到他年老，提起来还笑不可遏。我真正"确认"他是"爸爸"也是到洛阳之后。因为母亲到洛阳比他迟，住房、上学这些事务没有安排好，我曾跟随父亲在洛阳军分区住过一年多。他这才在我心目中的地位提升起来，我慢慢想道："他比妈还重要。"

他和我第一次谈话就是说吃的问题："孩子，只有吃进肚子里的东西，才真正是你的，别的一切都要扔掉。你要学薛仁贵，顿餐斗米，才会有力气做事。""我们不要奢侈，其实我们也奢侈不起来。不管好歹，一定要吃饱，人的高下不在衣装上比。""你将来可能会遇到各种场合，见到各种人物。不管是谁，再大的官，一道吃饭不要空着肚子忍。"

这些话当时不完全懂，但我觉得他的话比妈妈的新鲜，有劲。事实上，我终生都在按他的这一指示做着。

父亲和母亲是不同的，他除了吃饭、晚上睡觉的事，别的一概不问。母亲管着的事，比如洗澡、理发、换衣服、上学、功课等一向"烦死人的事"，在洛阳军分区一下子全蒸发掉了。

洛阳军分区是个基督大教堂改建的，离洛阳车站（现洛阳东站）约三百米。母亲在陕县，父亲敢于放手让我独自坐火车两地往来，年纪小，也不买票，我就在车厢里穿来穿去玩，连列车员都认得我了。

孤　独

父亲终生都是孤独的，我不记得他有任何一位"莫逆"之交。他对所有人都一样：客气、冷漠、善待、关心，但绝不和

243

人套近乎。谈起所有的人，包括他昔年的战友，他总能说出这人大堆的战功、优点、成就。我的记忆中，从领袖、领导到战友，他没有说过任何人的缺点，但我也没有看到他的那些战友私下与他过从甚密。就这一条，我觉得他深邃、宽容，也觉到了他头上那片乌云浓重的密度。

"文革"期间他已离休在家，但外访调查历史事件的人还是不少。有一次昔阳县的造反派来，是调查一个"当权派"的，问："你认识吗？"

"认识。"

"当时你在哪里？"

"我在一区。"

"他和你在一个区吗？"

"不在。他在×区。"

"他被俘的事你知道吗？"

"知道。"

"他有没有变节或失节的行为？"

"据我所知，没有。"

"他自己承认他出卖了你，供出了你的名字。"

"年轻人，"父亲盯着他们说，"要知道，我当时是区委书记，不但群众都知道，连敌人也都知道，是公开的身份，这怎么能算出卖？"

那年头，是可以一言兴邦一言丧邦的岁月，来找他"外调"的人络绎不绝，各路人马无不扫兴而归。

244

"胆 小"

1955 年授军衔，父亲是少校，这个象征荣誉和地位的军衔按他的"准团级"定，也还算公道。但是，到此为止，直到军衔取消，他就像一个被图钉在墙上按死了的旧挂历，一直是"1955 年"。与他相比有我的舅舅。舅舅在栾川县时，曾是他的警卫员，授衔时是上尉，继而大尉，再继而和他一样：少校。父亲在外头、在家里从来没有一句话，只是说："组织上已经很照顾我了。"

作为儿子，我当然难以听到人们对父亲的反面评价，我感觉到有刺的有这么几次。一次是他在军分区门口，他走过去，几个战士在背后议论：

"他叫什么名字，怎么老在院里转悠？"

"叫凌尔文，别看是少校，工资高着呢！二百一十六元呢！"

"都是少校，他凭什么这么多？"

"资格老呗，1946 年的兵，加上入伍前的资格，军龄补助就高。"

再一次是他搭档的一位同事，粗放又"豪爽"的人，也是父亲从他面前走过，我就在他们身边，他瞟着父亲的背影，对周围的人说："我才不管他有多老的资格，该整他我就整他！"

但后来此人冒犯了首长，我见首长来谈，说他"混账"，父亲说："他是刀子嘴豆腐心。"首长却不肯宽容："刀子嘴，也是刀子心。"

还有一次县委让书记、书记处书记等汇报产量，别人都七千斤、八千斤地胡扯八道，父亲老实回答："我见到的每亩是三百斤。这是好地，赖地打不到三百斤。"

县委书记没有点他的名，说："看来我们有些老同志，思想还跟不上形势哪！"这事是他回家告诉母亲时我听到的。

一阵沉默后母亲说："你不能进步，这也是原因。"

"你不能进步，不也是这个原因？"

"我受你的牵连，胆子太小了。"

父亲胆小，但他在日本人眼里不是这样。1945年日寇投降，缴获的日伪文件中有这样的话：

近在我铁壁合围中，王兰亭、凌尔文等人率数十土寇，西犯马坊，甚为猖獗。

有一位受过伤的战友说他："你命大，打这么多年仗，没有受过伤。"父亲笑答："只差一厘米。打安阳时，一颗子弹从我的脖颈子平穿过去，一件棉袄撕成两半。"

我问过父亲："打仗时你怕过没有？"父亲说："人的命天注定。开战之前心里也有点紧张。我到战士中间，听他们说笑话，和他们唱歌，一会儿就什么都没有了。"

还是在昔西，有一次敌人搜山，他伏在草丛中，搜山的伪军拨开草，他忽地站起身来吼："你他妈活够了！"吓得敌人弃枪逃走。

父亲管审干，因为他是洛阳军分区政工科长。但他有两个历史"疑点"：一是抗战时期有一天，也就是在昔西一区时，有一次他们三个人同时被敌人的"棒棒队"（伪地方维持会武装）围在一个窑洞里，敌人用火烧洞熏他们，又扔手榴弹进来炸。区里一个通信员叛变，提名道姓："凌尔文，快出来投降皇军。"他们在窑里也喊话："中国人不打中国人。""皇军有白面、大米！""你们要弃暗投明，要学关公，身在曹营心在汉！"坚持到黄昏——可能是因为地处游击区，敌人也怕天黑遭伏，不言声撤退了。这一历史问题考问出来："敌人为什么会自动撤退？你们三人是不是有变节行为？"

第二个疑点，是1946年他参军之后。当时国共谈判，与美国方面组成"三人小组"，天天扯皮摩擦。父亲曾参加（我记不清哪个战区）这个小组，当联络员。和谈失败，"三人小组"撤出，却没有通知到他，被国民党扣押了十多天，后经小组再度索要，释放回队。他蹲过敌人的班房，回归后再蹲自己人的拘押所接受拷问。

如此种种，这些疑问，每一次"审干"，都要重新拿出来过滤一番。

理　智

母亲是1960年瘫倒的，一瘫就连起居、走路、吃饭、脱衣全部不能自理，经过医生全力救护，一年之后才能站起来，拄着拐杖细步蹾着前进，每一步也就一寸左右。我亲眼见父亲每天给母亲换洗尿布，搀着母亲散步，五年如一日这些活儿他都自己干。母亲是个性格刚烈急躁的人，中风失语，说话不能辨。她想说什么，说不出来，又无法表达，急得竖眉立目，用拐杖连连捣地，我们子女在旁束手无策。父亲总是把耳朵凑到她口边，轻声细语请她不要着急，慢慢说……有一次侧耳半日才听清她道出两个字："上……学……"父亲告诉我们："你妈叫你们上学去。"我们兄妹都笑："今天星期天。"母亲叹口气，无奈地摇摇头。父亲一句话："做功课去吧。"我们便都凛然退下。

母亲病故，我和父亲并肩立在她的遗体旁，不知过了多久，他说："她已经成了物质。我们已经尽到了责任。"

父亲教我学会了理智。许多人都知道我说过"拿起笔来老子天下第一，放下笔夹着尾巴做人"，这后一句是从他的理智衍化而来。他在革命队伍里一直都是弱者，但他从来也没有过抗争。

（《作家文摘》2018 年总第 2178 期，摘自《密云不雨》，二月河著，人民出版社 2018 年 8 月出版）

祖父郁鼎铭在桂林

· 郁钧剑 ·

达官显贵的豪宅区

东镇路，位于桂林北门口附近，是一条东西方向、夹在叠彩山与铁封山之间长约一两里路的短街。从城门洞的东头往西走，用不了十几分钟，就能走到西头的中山北路。我家的居所就在西头路口附近，是东镇路 23 号至 25 号。

说是我家的居所，其实是我祖父留下来的产业。20 世纪90 年代，我在上海曾听抗日战争时期与祖父一同从上海逃难到桂林的他的学生陆焕文伯伯说，祖父迁居桂林落户东镇路前，一直居住在上海。1937 年 11 月上海沦陷了，祖父就与他的好朋友，当时国民政府经济委员会的翁文濠一起到武汉谋事了一段时间。1938 年 10 月，武汉又沦陷了，他便离开了那里。在此期间他还辗转于福州、香港等地，并于 1942 年左右来到了当时被称为抗战大后方的桂林，出任了全国厂商界迁桂联合会主任。他还告诉我：到桂林两三年后，日本鬼子打过了长沙，沿着湘桂铁路南下。1944 年 9 月，桂林开始了大疏散，他们好几个学生又跟着祖父跋山涉水，经过贵州、云南到了重庆。抗战胜利了，祖父因惦记着桂林的产业，重又返回了桂林。

母亲也对我说过，她听祖父说，1944 年桂林大疏散之前，由于大批的江浙人、北方人为了躲避战火，来到了桂林，城市人口一下子从几万膨胀到了几十万。其中有不少从各地来的达官显贵，都住在了东镇路上。比如从我家倒数过去，在桂林地区食品公司院子里面就有一栋楼，据说是当时广西省主席黄旭初的"行宫"。在他的旁边，是东镇路上唯一保留下来的豪宅，东镇路 11 号。时任国民党军委会办公厅主任，新中国成立后曾任全国人大常委会副委员长的李济深的家就安在那里。听母亲说，祖父与李济深曾在这里做了三四年邻居，两人多有交往。李先生爱骑马，我祖父也爱骑马，并都爱喝现挤的新鲜马奶。新中国成立后，祖父回上海，在外滩的和平饭店娶三姨太，李济深还出席了他的婚宴。

再往里去，在桂林自来水厂的斜对面，是做过国民政府代总统的李宗仁的"行宫"。继续往里去就到东镇门口了，在紧挨城门洞的北坡上，有一栋两层的小楼，是当时国民党第四战区司令长官兼桂林行营主任白崇禧在桂林时警卫们驻扎的营房。在营房的斜对面，还有一条小巷，那就是东镇路的东巷。东巷的顶头也是叠彩山，而白崇禧的府邸就在此处山脚下。

祖父的犹豫与缠绵

祖父刚从上海来到桂林时，先是在这里筹建了"中华铁厂"，到了抗战胜利后，祖父回到桂林与几位江浙籍的企业家，又在"中华铁厂"废墟上重新组建了"西南纺织厂"。当时该厂就已具相当规模，有十六锭细纱机三十八台。然而新组建的西南纺织厂虽然机器好、规模大，但经营一直不太景气。抗战胜利后，由于办厂方针的不和谐，导致另一位叫蔡声白的大股东撤资去了香港。从此西南纺织厂一蹶不振地经营到了1952年，祖父将其遣散。

新中国成立前夕，去台湾的飞机在桂林瓦窑机场等候着祖父及我父母兄长赴台。之所以有飞机等候，是因为祖父的弟弟，我的叔公郁鼎勋，新中国成立前就是国民党的中央航空学校校长和沈阳的东北飞机制造厂厂长。那时候的飞机没有自动化的仪器，常常要凭发动机启动的声音来判断机械是否正常。连当时蒋介石出行，有时都要叔公去听发动机的运转是否正常，才决定能否起飞。

临解放，叔公郁鼎勋带着郁鼎彝、郁鼎和、郁鼎熹等几位兄弟一同去了台湾。后来他们在中国台湾和美国等地繁衍了子孙后代几十人，在事业上多有建树。其中有一位抗战时生在重庆的堂叔叔郁有增，还是台湾"经国号"系列飞机的设计师之一。我曾问过父母，后来你们辜负了叔公的深情厚谊，没有跟他们同行去台湾，是为什么呢？母亲说，当时除了祖父不排斥共产党外，很重要的原因是舍不得西南纺织厂，犹犹豫豫之中就拖到了 1952 年。

正当祖父在此事业飘摇之际，他接到了时任民盟中央主席和政务院副总理黄炎培的邀请，要他赴京共商国是，还告诉他，拟聘任他为北京人民机器厂总工程师。祖父接到信后非常高兴。父亲说，祖父特别愿听黄炎培的话，因为黄炎培与国共两党的关系都非常好，甚至还到过延安，曾与毛泽东主席彻夜长谈。祖父羡慕他会处理人际关系。另外黄先生还是上海川沙人，川沙话与祖父家乡的海门话声调一样，所以两人语言相通，交谈起来如鱼得水。加上两人都喜欢纺织工业，又都喜欢做职业教育，祖父不仅在黄炎培的中华职业学校教过书，还做过战时福州中华职业学校的校长，因此两人的关系一直很好。因此，祖父基于事业之追求、友情之报答、爱国之信念，马上就同意北上北京。

此时祖父的二姨太因患肺结核在桂林病逝。于是他只能孤身一人先回上海了，准备从上海再去北京。

不料到上海后，祖父的众多老友、学生见他孤单，立马就给他介绍了一位教师。祖父与她一见钟情，很快就结婚了。父母说，正是因为爱情的缠绵，致使祖父失去了上北京高就的机会。

祖父与他在乡下的原配夫人即我的奶奶，是包办婚姻，相处一直不怎么和睦。

祖父对二姨太好，对工人也好。母亲说有一次她看见一个工人一直在我们家门口转来转去，祖父就问他有什么事。工人一开口，说的竟是江苏家乡话。他说他母亲在乡下死了，想回去奔丧，但没有钱，实在没有办法了，才斗胆来求先生，想借10块大洋。祖父二话没说就给了。母亲急了，说："您认识他吗？他要不还怎么办？他要骗您怎么办？"祖父回答："我不认识他，他却认识我，危难之中他找到我，就是相信我有能力帮助他啊。至于他是不是骗我，老天有眼，在上看得见。"

留下来的独子

祖父在离桂赶京前，把东镇路23号留给了他的独子——我的父亲。原来的23号院门，有一条数百米长的宽敞的汽车通道，能绕到25号院后面的我家。祖父走后，父母为了表示有觉悟，响应政府号召支援国家建设，主动封闭了23号门，将汽车通道赠送给了政府，让蜜果厂扩建为车间用，这就是我家改走25号门的缘由。至于25号院子这么大一个西南纺织厂怎么变成了"公家"的制药厂，后来又怎么变成蜜果厂，这段历史我不清楚。一是因为当时我还没出生；二是懂事后我问过父母，父母也是丈二和尚摸不着头脑。但父母亲说过，这全是因为当年与祖父的关系不太融洽所造成的后果。祖父离开桂林时，他们知道祖父手上是有地契的，是有"股权证"的，但不敢去问老人是怎么处理的。等1956年末祖父去世后，父母曾斗胆去问过政府，而政府总是支支吾吾。一来二去，老实巴交的父亲觉得这些都是生不带来死不带去的身外之物，加上当时社会对私有财产的鄙视和厌恶，父母也就不再提起。

除了留下房子，老人家也怜悯我父亲的自行车修理生意一直不好，毕竟父亲是他的独子，才又拿出了很少的一点钱，"公私合营"到桂林电机厂，即后来的桂林机械厂，让父亲代替他做了资方代理人，这才解决了父亲的工作。没想到"文革"来了，这个资方代理人原本只是一个因谋求工作而将就的称谓，莫名其妙地变成了资本家的头衔。而当时的"资本家"这个成分，是与"地主""富农""反革命""坏分子""右派"这些在社会上要被管制监督的"黑五类"同类的。尽管没有被划进被管制范围，自我感觉上会稍微好一些，但在世人面前，仍属于被人歧视、被人侮辱的家庭成分。不出所料，我家就因此蒙受了被赶出东镇路23号与25号的灾难。而搬住的地方，谁也想不到的也是个修理自行车的铺子。这与父亲初到桂林，独自创业，开的同样是个修车铺子，竟是如此巧合。

祖父离开桂林时，将书房里几面墙壁的书柜全部都搬运走了。懂事后的我，常常面对着空空如也的四壁给自己立下了一个心愿，长大后我一定也要有一个几面墙壁书柜的书房。

祖父的书柜搬走了，当然书也少有留下，但留下了不少他所收藏的名人字画。父母告诉我，那是因为他们喜欢，就死缠硬磨地让祖父留下。开始祖父不同意，母亲就激将他："您不是说过'居家无字画，必是俗人家'吗，您老人家不愿意我们是俗人家吧？"祖父笑了，便割爱了一小部分字画留在了桂林。

（《作家文摘》2017年总第2004期，摘自《家在桂林》，郁钧剑著，广西师范大学出版社2016年10月出版）

儒雅的叔祖父

·过士行·

"都丢了就赢了"

　　叔祖父的儒雅没有人能比得了。其实他没有受过正式的高等教育，从外表到骨子里是天生的儒雅，不是学能学得来的。20世纪70年代初，他在沙鸥家的丝瓜架下下棋，年幼的进文（沙鸥的三子，后来的散文家止庵）以为他是仙人。他的辉煌时期是在60年代，得了第三次全国冠军之后他就引退了。他的绝技是弃子，口头语是"都丢了就赢了"。不是下围棋的人不知道个中奥妙。原来恋子是一种痼疾，九段也在所难免。叔祖父经常是故意送给对方子吃，到最后还是他赢。他这样的人最不愿意背包袱，一生崇尚自由。棋艺境界如此，大概也影响到生活观念。漂泊江湖的时候他先是弃掉了家室，是我祖父给他接来照料。

我在70年代他最倒霉的时候追随过他。那时候棋界的人都被下放到基层做杂务。他先是在什刹海体校看大门，管分发报纸。我从北大荒回来探亲，去体校找他下棋，他经常是谈理论多，不大和我下。吴玉林六段（当时初段）好像是在游泳场当救护，也常能见到。受了两年种地之苦后我在那个有电扇的传达室里听他们说棋界的往事，忘记了天气的炎热，恍入仙境。我很羡慕发报纸的工作，这比种地要轻松多了。可这种工作是全国冠军才能享受的，吾辈何德何能可作非分之想？后来想靠下棋谋生，天天缠着叔祖父不放，他的修养真是好，既不打击我，也不鼓励我，偶尔谈些棋理，你也可当作生活道理来听。在那种逆境里，他一直没放弃研究棋。

叔祖父的续弦夫人有心脏病，为了不让落子声吵了她，叔祖父在桌上铺了一块海绵，上面放了一张软软的塑料棋盘。别小看这张棋盘，许多高手都在上面摆过棋。"聂旋风"从日本回来后，在这张棋盘上一口气复了五盘棋向恩师报捷，有对吴清源先生的，有对藤泽秀行先生的，有对加藤正夫的，有对武宫正树和石田芳夫的。聂卫平倒背如流，根本就没有棋谱，全凭记忆，让人敬佩不已。二十多年后，得知吴清源先生的全集里有几十年下的一百多盘棋，也是全凭记忆复现的，更觉神奇，仅凭此，吾辈就没有资格靠下棋为生。

"这盘棋可以不下"

前国民党将领宋希濂先生带着他从美国回来的公子到叔祖父家下棋。他的公子是教钢琴的，留着长发，穿着一件旧中山装。对局前他从口袋里掏出一个比赛用的计时钟，这对于比较在意用时的人来说非常有用。谁用了多少时间一清二楚。他们下完棋后叔祖父留他们吃便饭。我不懂事，多喝了杯啤酒，红头涨脸地要跟宋希濂对弈，宋没有过着棋瘾当然想下，但又怕饭后再打扰多有不便，所以有些犹豫。叔祖父当然觉得天色已晚，他也累了，想早点休息。不过既然我已提出要求，他就表示希望我们下一局。结果我在酒力作用下昏昏欲睡，溃不成军，宋公子用奇怪的眼神看着我，大概心说放水也不能这样放。这盘棋宋希濂先生肯定不领情，说不定还会为我的失态生气。他们走后，叔祖父只淡淡地说了一句"这盘棋可以不下"，就再也没说别的。他自己丢了面子却还顾全我的面子，长辈的涵养真是我们所达不到的。

他在八十高龄的时候还在坐公共汽车为围棋事业奔走。那时候公交车非常拥挤，打的还很困难。一次挤车，他最后一个挤在车门口，被一个追来上车的小伙子扒下来摔在地上。汽车和小伙子都跑了，一个好心的女士把他送到医院，结果是大腿骨骨折，在医院一住就是几个月，都快好了，一屁股坐在椅子上把胯骨又弄折了。从那儿开始，他的身体每况愈下，没有两年就去世了。

他再一次因为肺炎住院的时候，曾经问我他的病要不要紧，我看他的眼睛已经塌陷，后来养鸟才知道靛颏一塌眼就没救了，人鸟其实一理，我看着他的眼睛说了一句唯物主义的话，我说人的寿命由天意，天留人一定能留，天不留人医院也留不住。他听出了弦外之音，眼睛里湿润了，闪烁着泪光。我顿时后悔不迭。没想到八十三岁的人还是那么热爱生命。

他是一位纯粹的人，一生清贫，除了围棋他没有别的，直到临终前他关心的还是围棋，常常问起，擂台赛几比几了，中方还剩谁。在他能动的时候，他手里摆弄的唯一东西就是棋子。

（《作家文摘》2017 年总第 2011 期，摘自《我和鱼，还有鸟》，过士行著，中华书局 2015 年 10 月出版）

父亲的遗愿

·［日］吴清源，陈翰希译·

父亲二十二岁时，我们一家迁居北京城，当时正处于北洋政府的统治下，与革命政权完全无关，本质上依然延续着革命前的旧时状态。

我们一家在北京街市的一角安顿下来。住宅很宽敞，包括堂屋和距离堂屋稍远的厢房。家中的用人有门房、厨师、车夫、奶妈、女佣等十余人，每人都有各自的小房间。我们一家的生活是当时北京中产阶级的普通水平，并非特别奢侈。

为了让我们三兄弟参加文官考试，父亲没送我们去念小学，而是很早就聘请了家庭教师，施行严格的私塾教育。这种教育的本质，其实等同于从前应对科举的备考。从简单的《三字经》《千字文》开始，到《大学》《中庸》等四书五经，再加上《唐诗选》《古文选》《左传》，基本都要全文背诵。

四周岁后，我就和哥哥们一起坐在桌前，每天从早到晚地学习，晚上甚至要学到将近 12 点，任务非常繁重。父亲对我们要求极为严格，每天如果不完成布置的背诵任务，就会用竹板打手心，然后让我们继续背诵，直至深更半夜。母亲非常担心，有时会对父亲说："已经很晚了，算了吧。"但父亲却不会罢休。

或许父亲终于发现，在这个完全看不到未来的动荡年代，让孩子们接受传统教育无济于事，所以他辞去了教授传统学问的老师，为大哥聘请了英语、数学等课程的家庭教师，让他准备中学考试。而对于我，即使完全不学习，他也不会说什么。

后来不知从何时起，他也开始教孩子们围棋，之后发现三兄弟里我对围棋的记性最好，便逐渐只花精力教我一人。

父亲首先教我规则，然后取出自己收藏的围棋书，每天都让我摆棋谱。此后我显示出对围棋的巨大兴趣，开始进一步学围棋，父亲于是腾出很多时间，从旁看着我研究棋谱。其实连我也觉得自己对围棋的记忆力不可思议，定式等只要摆一次就全部记住，即使非常复杂也一样，从来都是过目不忘。这段时期里，我每天早晨 9 点开始摆棋谱，一直摆到将近夜里 12 点。因为我实在太热衷于此，母亲很担心我的身体，曾经偷偷地把棋盘藏起来。

父亲刚开始给我看的是中国的棋谱，不久他拿出了从日本带回来的棋谱。父亲虽然把棋谱给我看，但并不像现在的老师那样细心而认真地传授。对日本的棋谱，也不过是把日语的解说翻译出来，让我能听懂而已。实战对局时，父亲会做我的对手，也会让我和他的围棋同好一起下棋。不知为何，只要一学围棋，我就会沉浸其中，完全忘我。学到第三年时我九岁，已然可以和父亲对局较量。父亲的围棋其实并不很强，比以前的业余初段还稍微弱一些。

1925 年，父亲得了奔马痨，身体状况急剧恶化，咯血之后，仅仅过了两个月便撒手人寰。父亲去世时才三十三岁，当时我十一岁。

去世前几天，父亲将我们三兄弟召唤到枕边分配遗物。他把习字的拓本给了大哥吴浣，小说给了二哥吴炎，棋谱则都给了我。这也是遗言。习字的拓本和小说都是父亲极为钟爱的东西，多年来收集了很多，此前都保管在大行李箱中。

后来大哥从政，二哥从文，我成了棋士。兄弟三人都走上了父亲期许的道路。

（《作家文摘》2017 年总第 2058 期，摘自《吴清源回忆录：以文会友》，[日] 吴清源著，陈翰希译，北京联合出版有限公司 2017 年 7 月出版）

相伴十年

·黄秀珍口述，袁念琪整理·

托教练递条子

我认识容国团是在 1958 年初，那是在广州。我是广东省田径队的队员，他那时已很有名气，代表香港参加广东省运动会。

也就在这一年，我到北京来，先调到八一田径队，后又转到国家队。他那时已从香港调回广东，正在北京国家集训队准备第 25 届世乒赛。打完世乒赛后，周总理召开一次欢迎会，在晚会当中我们第二次见面。老乡见老乡，大家都很高兴。这时我才知道他和我同住一个宿舍楼，我在六楼，他在二楼。

那年，罗马尼亚田径队到中国来访问。在北京比完了之后，在天津有一站。我们国家田径队跟他们做对抗赛，我们是上午到的，中午休息一下，晚上比赛。

中午睡醒觉的时候，我们有一个广东籍的中长跑教练叫梁田，她给我递了一个条子。是容国团给我的，说他们也到这来打表演赛，完了以后，晚上有一个晚会，问我有没时间参加。

我们比赛完了之后是自由活动，他就在大厅门口等着我。见面后却又说，因为他们明天还有别的任务，所以，今天晚会就不举行了。

我说，不举行那就不去呗。他就问，你来过天津没有？我说，没有。他说他也是第一次来天津，那我们逛逛街吧。我们两个就上街转了一圈。

回到北京后，因为住在楼上楼下，有时候，礼拜六晚上没事，他就约我一块去看电影。那时我们没有谈恋爱，就感觉是一个老乡、朋友吧，大家这样也很高兴。

直到 1961 年容国团在北京打完 26 届世乒赛、拿了男团冠军以后，我们才正式确定了恋爱关系。

女儿没有搞体育

1956 年，容国团以 2 ：0 击败赴香港访问的世乒赛团体冠军、日本主力队员荻村之后，在香港就挺有名气了。但是家里面经济上比较困难，就靠他打球，还有在总工会里面的工作，收入比较低。当时，他父母的身体也都不太好。

成名之后，各方面的人都想要他。他父亲是比较爱国的一个工人，认为还是回内地发展比较好。于是，广东省一邀请他，他就回来了。

第 25 届世乒赛决赛对手是团体赛中胜过他的匈牙利选手、世界冠军西多。决赛前，他特地理了发。当时对比赛着装没规定，他穿长裤打决赛——他觉得自己小腿瘦，怕人家笑。第一局输了，从第二局开始连扳三局，最终以 2 ∶ 1 战胜对手。第一次为中国队夺得男子单打世界冠军，提前两年实现了自己的目标。

第 26 届世乒赛结束后，容国团退役为女队教练。本来，我们两个已经准备结婚了，他接了这个任务之后就跟我讲，是不是可以往后拖？把这个艰巨的任务完成，把女子翻身仗打好了再结婚。因为我本身是运动员，所以很痛快地就同意了。

我们结婚是他取得女团冠军回来。结婚的时候，还是比较简单的。当时他爸在广州二沙头图书馆工作，在我们结婚前就决定接他过来。总局给我们分了两间房，我们一间，他爸一间。过了一年多，又有了小孩。

女儿小时候打过乒乓球，但总感觉我们当过运动员的人，还是不很喜欢自己的小孩再继续搞体育。她在我们体校那上乒乓球班，初中毕业以后，就没让她再训练。

高中毕业后，女儿考入旅游学院，学的是英语。毕业后，在青旅工作了一年，就去美国留学。在美国结婚后就跟爱人去英国了，一直到现在。

"我该休息休息了"

1968 年容国团去世前，乒乓球队开了一个会，把他叫去问问题，很多问题。当时，傅其芳他们都已经隔离了，最后隔离的，是徐寅生。国团告诉我："可能下次就轮到我了，要隔离了的话，就轮到我了。"

他说，我该休息休息了。他选择了自尽。他为什么会这样？首先第一个，他认为我工作就应该工作得好，我拿了冠军就能完成任务，这是我应该的工作。他整个的主观思想就是这样的。但正因为这样的一个情况，所以"文革"以后一冲击运动队，说拿冠军越多，罪恶就越大，他对此是想不通的。再一个的话，那时候也不让他们参加世界比赛，所以他感到自己既然都没有了工作，活着就没意义了。我估计，这是最主要的一个原因。因为我们的主要任务就是打球为国争光，培养队员为国争光，如果这个任务你都不要我干了，那我生活没什么意思，所以到最后走到这个绝路上去了。

（《作家文摘》2019 年总第 2210 期，摘自《世纪》2019 年第 1 期）

没面子的何绍基

·李黎·

　　家里有一幅颇有年代的名家书法，被我随意卷了搁在橱柜里，虽然没有破损但陈旧皱褶，品相实在不佳。问题还不是出在这里——这幅字背后有个故事，我才一直不知道该拿它怎么办。

　　前些时结识了一位经营裱画装框店的画家曾先生。我把这幅家传的字带给他看，同时把故事讲给他听……他一听之下，直说有趣，就把这幅字为我用心地裱起来了。

家传的名家书法

　　这是一条横幅，原纸尺寸约为一百三十八厘米 × 三十六厘米，正文五十五字：

　　蕴结之怀非一见不能解也见劝作诗本亦无固必自懒作尔如

候虫时鸣自鸣而已何所损益不必作不必不作也如一两篇见寄当次韵尔

款识"穆堂学侄世大人属书何绍基";两方钤印,阳文"何绍基印",阴文"子贞"。

何绍基(1799—1873)以书法著称,盛名自然不在话下;而"属书"的这位"穆堂学使"则是我的五代高祖鲍源深(1811—1884,字华潭,号穆堂)。对于这位老祖宗我所知不多,小时台湾家中客厅墙上挂的对联"似兰斯馨如松之盛;临川拟洁仰华思崇",笔酣墨饱,年幼的我却是既看不懂更不会当成宝贝,根本没注意下款题字的人也姓鲍——我的本姓。

直到第一次回大陆寻根,来到上海豫园"和煦堂",题匾的人竟然就是鲍源深,跟家中对联上的名字一样!我这位高祖是安徽和州(今和县)人,道光二十七年(1847)进士;同治年间先后历任五部侍郎及许多其他族繁不及备载的官衔,同治十年(1871)任山西巡抚。之前的咸丰年间还做过皇子亲王的"侍读",所以家里还有一把道光帝五皇子惇亲王题字送他的折扇。光绪元年(1875)辞职归里,光绪十年病逝,享年七十三岁,谥号中丞公。

奥妙在哪里

既然是何绍基书赠给穆堂鲍源深,又是我家传下来而不是从外头收购的,还会有什么问题呢?

　　我把字拍了照传给"海上陆公子"，他对书法的鉴赏力是我一向佩服的，附上这段话："上海家里传下来的，家人竟不当回事，我也一直把它扔在一旁。你知道为什么吗？"陆公子回："好字！看不出奥妙在哪里。"真不愧是陆公子，如此温雅有礼，用了"奥妙"两字而不说"问题"。于是我说了这幅字的故事：

　　中丞公（家中长辈都以此称呼这位老祖宗）留下不少字画珍玩，但三辈、几"房"摊分下来，爷爷所得想来就有限了。爸爸是爷爷的独子，爷爷的几件祖传宝贝，爸爸大致是清楚的。话说有一天——我猜想还是爸爸很年轻的时候，爷爷命爸爸将那幅字拿出去裱。取回来时，爷爷展卷一看之下，脸色大变："裱字匠欺负你年轻不懂，做了手脚了！"

　　原来宣纸有一种厚的叫"夹宣"或者"双宣"，技术高超的匠人可以把纸张从中分两层揭开。传说掌握这个技术的裱画师傅可以把一幅字或画一剖为二，这种宣纸吸墨性强，墨水直透纸背，纵是下层也并不逊色，鉴定起来都是真迹。于是，艺高胆大又心怀不轨的匠人，遇上值钱的货色，就"上下其手"，把上层留下将来当真迹牟利，下层装裱之后还给看不出端倪的客户。

　　爷爷对那幅字想必是早已观摩得烂熟于胸，笔端墨色毫发之差便看出蹊跷来，加上见多识广，知道江湖上有这号手艺人物；可惜拿不出证据，只好当成给自己儿子的一场教训。

　　于是这幅"算是真迹但不是唯一真迹"的身份尴尬的书法，从此就被打入冷宫。爸爸当然不会把这个让他颜面尽失的"传家宝"带到台湾。爷爷死后，他住在上海的女儿，也就是我的生母，收拾了寥寥几件遗物，包括这幅字。

两双父母和一个女儿

十几年过去了。忽然有一天，爷爷的女儿接到一个通知，说她的亲生女儿、1949年被她的哥哥嫂嫂带去台湾的，现在从美国回来了，要来寻根认亲。这个"亲生女儿"就是我。

之后我常回上海探望亲生父母。有一天，我的生父从旧纸堆里掏出一幅字，带些歉意地说："家里已经拿不出一件像样的东西给你了。倒是这幅字，背后有个鲍家的故事，你就带回美国去做个念想吧。"

把我带到台湾的爸爸，是我生母的哥哥、生父的内兄；爸爸和我生父两人除了这层姻亲关系，又是复旦大学的同学、好友，当年爸爸一定是把这个上当受骗的故事当成笑话讲给我生父听的；而我在上海从生父听到的版本，已经是多年后的第二层转述了。字是真迹无误，估计年代应该有一百五十年左右也不会有多大误差。我当时听着只觉得好玩，带回美国也就随手放进橱柜里，几乎忘得一干二净。

听完故事，陆公子告诉我：邓友梅的小说《寻访画儿韩》里就有这样一号人物。我找来小说读了，果然"画儿韩"正是此道高手，会将字画一揭为二，有一回遇上存心讹诈的骗局，这一手绝活救了他，否则就是一场既损了面子更伤了里子的灾祸。我津津有味地读完这个短篇，知道了"面子、里子"都算真迹，只是下层钤印的朱色稍微淡些。

字有分身，人却分身乏术。对于把我带去台湾、抚养成人的爸爸妈妈，我是他们承欢膝下的女儿；而当年我的生母和生父把我托付给他们的兄嫂时，本以为不用多久就会重聚，万万没有料想到三十年后才得相见，而那时爸爸已经不在人世了。大时代的动荡让我有了两对父母，他们却只有我这一个女儿。

我的两双父母都已经先后离我而去。面对这幅字，又想起生父交给我时带着歉意的表情，其中有多少作为一个未能伴我长大的父亲的遗憾与无奈。每当想到他们，想到他们给我的爱，远远胜过世间任何珍宝，我心中就充满感念。

（《作家文摘》2019 年总第 2243 期，摘自 2019 年 6 月 4 日《文汇报》）

翁氏家族的六世收藏

· 王立翔 ·

　　翁氏家族中最著名的人物当属翁同龢，他是清同治光绪两朝帝师、状元宰相，且两入军机，曾任总理各国事务衙门大臣，是晚清政局中举足轻重的人物。当初的翁氏家族，也同其他官宦世家一样，多雅好古籍和字画。翁同龢正是承接了其父翁心存的收藏，并逐步积聚而成大观。

　　1987 年 1 月，《艺苑掇英》在第 34 期以专集形式介绍、选刊了翁氏家藏的书画精粹，世人开始将目光重新聚焦到了翁氏一族身上，翁万戈的名字，开始与翁氏六代紧密结合在一起。原来，谢稚柳、徐邦达、杨仁恺等当代书画鉴定的顶级权威，于 1985 年受翁万戈之邀造访他在美国波士顿北部的莱溪居，从此为今人掸去历史的尘埃，让世人真正知道世间还有翁氏完整的书画珍品。而翁万戈守护翁氏家藏的传奇故事，也渐为鉴藏界所知。

翁氏藏书转让上图

作为翁同龢的第五代嫡孙，翁万戈两岁时就接受了这笔巨额家藏。1938 年他留学美国，1948 年秋天，因预感内战将起，为避战火，翁万戈将他继承的存于天津的翁氏家藏尽数打包，运到上海，再辗转运抵纽约。当这批宝藏历经坎坷、远渡重洋到达纽约时，翁先生决心以毕生所能守护家藏，背负起一个收藏世家的传承使命。退休前他选中波士顿北部新罕布什尔州的半山丛林，架椽筑屋，以贮珍宝。此后的三十余年，翁先生即隐居于莱溪居，一直潜心研究着翁氏文献和中国书画。

翁万戈也是美国著名的华人社会活动家，但真正让他名满华人世界的，是 2004 年 4 月他将 80 种 542 册宋元明清珍稀古籍善本转让给上海图书馆。此次转让使世界聚焦，学者傅熹年认为翁氏藏书是"200 余年学人想望不知其存否的著名善本。即以其中的宋刊本而言，其珍稀程度和版本、文物价值超过美国各图书馆现藏中国宋刊古籍之总和"，"是争取海外大批善本回归的最后一次机会"。

此后，翁先生先后在 2008 年 12 月，于北京中华世纪坛世界艺术馆举办了"传承与守望——翁同龢家藏书画珍品展"；2009 年 4 月，在美国亨廷顿图书馆推出"六代翰墨流传——翁氏珍藏书画精品展"。这是目前仅有的两次翁氏六代中国书画珍藏大体量公诸同好，翁氏书画由此被誉为"世界上最伟大的私人收藏之一"。

合作出版翁氏文献和书画

我拜识翁先生，是在 2006 年上海博物馆举行的"中日古代书法珍品展"开幕晚宴上。我贸然举杯向翁先生敬酒，他起身热烈响应。我以自己从事二十余年出版的经验，顿时感觉我们之间将会为翁氏珍藏开启一段历史性的因缘。我当即约请先生哪日有空，我单独请他小聚以便讨教。先生马上从口袋里找出一个小本和一支笔，翻看行程，当即作了约定。

次日中午，我们在延安饭店边的苏浙会聚谈，先生给了我巨大的信任，并将他正在做的翁氏文献整理和书画研究诸工作一一讲述。我听了极为震动，这是一个庞大的构想，出自一位将近九十高龄的老人的心扉。席间，我们就翁氏文献和书画的系列性整理出版达成了合作意向，翁先生将亲自整理、撰写研究文章。

此后翁先生几乎每年回国一次，我都拜会一面，直至 2010 年，因翁先生乘机不便而未再返回国内。但我于 2012 年 6 月专门赴美拜访了远在东北部 Lyme 小镇旁的莱溪居。

承续中华文脉

翁氏六代所藏中国书画的主体部分来源自翁同龢，藏品上入宋元，下及沈周、文徵明、董其昌、项圣谟、陈洪绶、朱耷、清代"四王"、恽寿平、华岩、金农诸家，其特色是文人作品。其中最为珍贵的，是梁楷《道君像》，此画谢稚柳曾有专文，并被编入《梁楷全集》第一幅，认定为梁楷早年细笔精妙之作；最为辉煌的，当属王翚《长江万里图卷》，是王翚费时7月的自得之作，长达十六米。

我则对翁藏两件书法情有独钟。一件是唐开元年间遗存至今的四十三行《灵飞经》墨迹，乃《渤海藏真帖》《望云楼帖》之原身，亦是翁氏家藏书法中年代最早的精品。另一件，则是初唐四家之一薛稷的《信行禅师碑》，世人都以为世间仅存流入日本的"何绍基藏本"，后因碑帖鉴赏家马成名来莱溪看到"翁氏藏本"，研究后终于打破了孤本之说。此二件精美绝伦之作，后均收入上海书画出版社出版之《中国碑帖名品》丛帖中，后者更是首度完整惊艳亮相。

翁先生守护着五世重托，但他并不秘而不宣，以珍宝为独占，而是视为家族使命和中华文脉在他身上的一种承续，他理应担当起历史的责任。他不仅热情而开放地接待来自世界各地的中国古籍、艺术研究者，更努力以捐赠、展览和著述等方式，弘扬藏品所荷之中华文化。翁先生说："我为家藏而活，而家藏也成了我的人生。"

（《作家文摘》2019 年总第 2275 期，摘自 2019 年 9 月 25 日《新民晚报》）

二舅叶恭绰和我家的故事

· 严行聪 ·

兄妹情厚

我的曾祖父严辰，字缁生，号达叟，浙江桐乡县青镇（现乌镇）人。清咸丰九年（1859）进士，入翰林院为庶吉士，后任刑部主事，严辰的孙儿就是我父亲严善坊。当年曾祖父与同为进士的外曾祖父叶衍兰之间关系很好。

我的母亲因幼年丧父母，随长兄（大舅舅叶恭绌，曾任江西九江府同知）在九江求学，已二十多岁未嫁。大舅在上海遇见我父亲严善坊，我父亲时任农商部部长张謇的英文秘书，兼任全国水利局佥事。两人谈起各自的祖父都是有名的翰林且有交往，我父亲又元家室，于是一说即合。当时我二舅叶恭绰在北京交通部任总长，他亦极赞成这桩婚事。

二舅叶恭绰忙于政务、奔波在外，众多亲戚难以经常会面，但他与我母亲的兄妹之情甚厚，常寄赠一些自己满意的照片。如有一幅照片，是二舅身着制服的站姿全身像，雄姿英发，踌躇满志，俊朗之中透着儒雅，摄于民国初期任职北京时。照片的边款题云："三妹惠存恭绰寄存自北京三年八月。"即1914年8月，正值我母亲新婚之际，这幅照片实乃贺喜之礼物，十分珍贵。后来二舅还把自己十八岁时的一张照片寄赠我母亲，照片后面写着："三妹存念：吾十九岁时曾见当时面貌的恐只有妹一人矣。"其时二舅年迈的长辈们想必均已不在人世了，回首往事，思绪万千，可与推心置腹者唯三妹而已。

作为造诣颇高的书画家，二舅还以自己所作的书画相赠三妹，其中有一幅立轴《墨竹图》尤为珍贵：画中之竹秀劲挺拔、枝叶潇逸，充满生机活力，落款则曰："秀影猗猗遐翁为脡睆三妹作。"竹是他最为钟情之物，以《墨竹图》相赠，充分体现了亲兄妹的深情厚谊，同时又寄托了二舅自己的审美旨趣和抱负胸臆。

而我父母虽为有二舅这样的"高亲"而自豪，却个性自律自重自爱，深知二舅于国家之地位和影响，尽可能不去打扰。1924年至1925年，二舅任段祺瑞政府交通总长，我父亲曾任二舅的英文秘书一职，但属量才录用，工作恪尽职守，并无特殊待遇。

我与二舅

大约在 1942 年六，其时二舅居上海建国西路 506 弄 14 号。有一次母亲带我去二舅住所，那年我十岁，当时细节都记不清了，只记得他们兄妹二人用广东话交谈，我几乎一句都听不懂。

抗战结束后约在 1946 年，二舅已六十多岁，一次他走访大舅母，同时也来到复兴中路 1196 弄 2 号我家并在我家午餐。此时我父亲已于 1943 年故世，我已是初中生，虽是第二次见到二舅，却是唯一的一次正面接触。二舅神情慈祥、举止随和。长辈们叙谈家常，其间也语涉我们晚辈，二舅并无高谈阔论，仅以平易之语加以勉励。我感受到他的人格魅力，唯有敬佩和感奋之心，暗自决心一定要努力学习做一个有用的人。

1953 年秋，我毕业于上海同济大学结构系桥隧专业。我与丈夫冯鄂棣是同学。婚后服从国家统一分配投身新中国第一个五年建设计划，赴铁道部第一工程局从事西北新建铁路事业。那时陇海铁路通车至宝鸡，正在向兰州挺进，我们的第一站驻地是兰州河口。原来这正符合二舅"设法缩短欧亚交通途径，延长陇海铁路布局"的思路。

1963 年，我丈夫到北京出差，利用这个机会前往二舅家拜访。他向二舅汇报了我们的近况，表达了我们对他的敬意和问候，并请二舅赐一件墨宝以留作纪念。二舅欣然允诺，当即找出一幅旧作《墨竹图》相赠。此画已有原题之款，随即，二舅提笔在原款之后补题曰："曩作以赠鄂棣行聪伉俪近殆不能为此矣恭绰时年八十有三。"这样我们就有了一幅二舅亲笔题赠的珍品《墨竹图》，成了传家宝。

（《作家文摘》2019 年总第 2281 期，摘自《档案春秋》2019 年第 8 期）

母亲与我

·汪曾祺·

生　母

　　我的生母姓杨。我不知道她的学名。杨家不论男女都是排行的。我母亲那一辈"遵"字排行，我母亲应该叫杨遵什么。我三岁的时候，母亲就故去了。我对她一点印象都没有。她得的是肺病，病后即移住在一个叫"小房"的房间里，她也不让人把我抱去看她。我只记得我父亲用煤油箱自制了一个炉子，煤油箱横放着，有两个火口，可以同时为母亲熬粥，熬参汤、燕窝；另外还记得我父亲雇了一只船陪她到淮城去就医，我是随船去的。我记得小船中途停泊时，父亲在船头钓鱼，还记得船舱里挂了好多大头菜。

　　我只能从母亲的画像看看她。据我的大姑妈说，这张像画得很像。画像上的母亲很瘦，眉尖微蹙。

我母亲是读过书的。她病倒之前每天还写一张大字。我曾在我父亲的画室里找出一摞母亲写的大字，字写得很清秀。

我母亲死后，她养病的那间"小房"锁了起来，里面堆放着她生前用的东西，全部嫁妆——"摞橱"、皮箱和铜火盆、朱漆的火盆架子……"小房"外面有一个小天井。靠南有一个秋叶形的小花台。花台上开了一些秋海棠。这些海棠自开自落，没人管它。花很伶仃，但是颜色很红。

张氏娘

我的第一个继母娘家姓张。他们家原来在张家庄住，是个乡下财主。后来在城里盖了房子，才搬进城来。

我的继母幼年丧母，她是跟姑妈长大的，姑妈家姓吴。继母的姑妈年轻守寡。她住的房子二梁上挂着一块匾，朱地金字："松贞柏节"，下款是"大总统题"。这大总统不知是谁，是袁世凯，还是黎元洪？吴家家境不富裕，住的房子是张家的三间偏房。

我的继母归宁，也到她的继母屋里坐坐，但大部分时间都在这三间偏房里和姑妈在一起。我父亲到老丈人那边应酬应酬，说些淡话，也都在"这边"陪姑妈闲聊。直到"那边"来请坐席了，才过去。

继母身体不好。她婚前咳嗽得很厉害，和我父亲拜堂时是服用了一种进口的杏仁露压住的。她是长女，但是我的外公显然并不钟爱她。她的陪嫁妆奁是不丰的。她有时准备出门做客，才戴一点首饰。比较好的首饰是副翡翠耳环。有一次，她要带我们到外公家拜年，她打扮了一下，换了一件灰鼠的皮袄。我觉得她一定会冷。这样的天气，穿一件灰鼠皮袄怎么行呢？然而她只有一件皮袄。我忽然对我的继母产生一种说不出来的感情。我可怜她，也爱她。

后娘不好当。我的继母进门就遇到一个局面，"前房"（我的生母）留下三个孩子：我姐姐，我，还有一个妹妹。这对于"后娘"当然会是沉重的负担。

也许我和娘（我们都叫继母为娘）有缘，娘很喜欢我。

她每次回娘家，都是吃了晚饭才回来。张家总是叫了两辆黄包车，姐姐和妹妹坐一辆，娘搂着我坐一辆。张家有个规矩（这规矩是很多人家都有的），姑娘回自己婆家，要给孩子手里拿两根点着了的安息香。我于是拿着两根安息香，偎在娘怀里。黄包车慢慢地走着。两旁人家、店铺的影子向后移动着，我有点迷糊。闻着安息香的香味，我觉得很幸福。

张氏娘认识字，念过《女儿经》。《女儿经》有几个版本，她念过的那本，她从娘家带了过来，我看过。里面有这样的句子："张家长，李家短，别人的事情我不管。"她就是按照这一类道德规范做人的。她有时念经：《金刚经》《心经》《高王经》。她是为她的姑妈念的。

她死于肺病。

任氏娘

我的第二个继母姓任。任家是邵伯大地主，庄园有几座大门，庄园外有壕沟吊桥。

我父亲是到邵伯结的婚。那年我已经十七岁，读高二了。父亲写信给我和姐姐，叫我们去参加他的婚礼。任家派一个长工推了一辆独轮车到邵伯码头来接我们。我和姐姐一人坐一边。我第一次坐这种独轮车觉得很有趣。

我已经很大了，任氏娘对我们很客气，称呼我是"大少爷"。我十九岁离开家乡到昆明读大学。1986年回乡，这时娘才改口叫我"曾祺"——我这时已经六十六岁，也不是什么"少爷"了。

我对任氏娘很尊敬，因为她伴随我的父亲度过了漫长的很艰苦的沧桑岁月。

（《作家文摘》2020年总第2335期，摘自《汪曾祺散文随笔选集》，汪曾祺著，沈阳出版社1993年6月出版）